KB014182

해피
붓다

• 이 도서의 국립중앙도서관 출판시도서목록(CIP)은 서지정보유통지원시스템 홈페이지(http://seoji.nl.go.kr)
와 국가자료공동목록시스템(http://www.nl.go.kr/kolisnet)에서 이용하실 수 있습니다.
(CIP제어번호: CIP2019023419)

엣쎄이소설

해피
붓다

[hæpi붇:따]

이응준
지음

은행나무

무지개다리 건너편에 있는 토토와

지금 내 곁에 있는 토토에게

차례

용기가 하늘을 찌른

강인한 기사(騎士) 이달고 돈키호테 여기 잠드노라.

그의 목숨 위에 죽음이 드리웠으나

죽음이 승리하진 못했다는 것을

알리고 있네.

세상 사람들을 두려워하지 않는 그는

세상의 허수아비이고

도깨비였어라. 그러한 시절 그의 운명이 그가

미치광이로 살다가

제정신이 들어 죽었음을 증명하도다.

—미겔 데 세르반테스, 〈돈키호테의 묘비명(墓碑銘)〉, 《돈키호테》
속편 74장.

"어리석고 외로운 사람으로 기억된다고 하더라도 아무 불만 없다. 적과의 전쟁 중에서 얻은 것들이 아니면 인정하지 않았다. 그 적이 누구이고, 그 전쟁이 무엇이건 간에. 그것이 내 이데올로기다. 세상이 나를 파문(破門)한 게 아니다. 내가 너희들과 세상을 파문한 것이다."

　　—작가 L이 종적을 감추기 전날 밤 한 선술집에서 자신의 정신과 주치의와 단둘이 마주하고 앉아 남긴 마지막 말.

몽유병의 여인을 기다리는
급진 낭만강경파의 복싱 프롤로그

일요일이지만 원고 뭉치로 가득 찬 가죽 가방을 둘러메고 아침부터 여기저기 쉴 새 없이 돌아다녀야 했다. 문득 4차선 횡단보도 한복판에서 노을을 올려다보자니 이게 사는 건가 싶었다. 뭣보다 인간종(種) 자체가 지긋지긋했다. 아직 약속 하나가 남아 있었으나 일부러 괴이한 핑계를 대고서 취소시켜버렸다. 상대가 평소 요점과 책임은 없이 계획과 허세만 많고 제 우물에 오줌을 갈기며 정의로운 척하는 타입인지라, 절대 미안하지 않았다. 그리하여 여하튼 나는, 애 없는 이혼남인 F형과 홍대 앞 그의 주점 '몽유병의 여인'에서 단둘이 맥주를 마시고 있었다. 인간이라는 게 아무리 혐오스럽다 한들 결국 함께 술을 마실 수 있는 동물을 인간 말고 또 어디서 구하겠느냔 말이다. 아까부터 우리는 정한심 양을 기다리고 있었다.

"일요일 밤만 되면 기분이 별로야."

내가 말했다.

"아닌 거 같은데?"

F형이 말했다.

"안 좋다니까."

내가 말했다.

"일요일 밤이 무슨 죄가 있겠어? 넌 기분이 별로가 아닌 적이 별로 없어."

F형이 말했다.

그러거나 말거나 어차피 내 맘. 지옥에서 살아도 내 월세고 천국에 불을 질러도 내 징역이다. 어려서부터 나는 해 저물고 나서의 일요일이 몹시 피곤했다. 학교 가기가 죽기보다 싫어서였다. 그런데 이제는 다닐 학교가 더는 없음에도 불구하고 일요일 밤만 되면 공연히 그러한 압박과 불안에 시달리곤 하는 것이다. 한창 순수했던 시기에 입력당한 조건반사는 탈옥(脫獄)이 힘들다. 하긴, 이런 것들을 죄다 일일이 설명하기가 귀찮아서 내가 늘 기분이 별로인지도 모른다.

정한심 양의 이름은 정말로 정한심(鄭寒心)이다. '한심하게 사

는 것이 곧 도(道)에 이르는 길'이라는 심오한 뜻으로서 전직 고
관대작이자 현직 갑부인 부친이 직접 지어 붙인 거라는데, 아마
도 그 양반은 1961년 5월 16일 새벽 탱크를 몰고 한강다리를
건널 만큼 들끓었던 자신의 인생을 7남 1녀 중 기적에 가까운
늦둥이(그의 나이 물경 60세 때 네 번째 정부인에게서 얻은) 막내의 출
생 앞에서 꽤나 숙고했는가보다. 아무리 그래도 그렇지 고래등
기와집 백 채보다 귀한 고명딸 이름이 하필 '한심'이라니. 누구
라도 스라소니보다 더 독립적이고 신출귀몰한 정한심 양에게
부친의 안부를 물으면 곧잘 이런 대답이 돌아오곤 한다.

"결코 죽지 않아. 나보다 오래 살 것 같아. 이게 농담이 아니
라는 거에 내 하나뿐인 통장에 있는 18만 원과 무좀 있는 내 순
결한 발가락 열 개를 다 건다."

불멸에 대한 조롱인가? 정한심 양의 부친은 고(故) 박정희 대
통령과 겨우(?) 아홉 살 차이가 난다. 물론 러시아 대혁명의 해
에 태어난 태풍아(颱風兒) 박정희의 삶은 62세에서 덜커덕 멈춰
버렸지만. 아흔 살의 아버지를 둔 서른 살 아가씨의 기분이라는
건 과연 어떤 것일까?

그렇다. 남극의 빙하가 와르르 쾅쾅 쪼개지며 녹아내리는 여

름날에 F형과 나는 얼음 조각을 탄 맥주를 마시며 어떤 알 수 없는 힘에 이끌려 정한심 양을 기다리고 있었다. 우리가 바 테이블을 사이에 두고 마주 앉아 있는 '몽유병의 여인' 안에는 나 말고는 다른 손님이 없었지만, 까짓것, 모든 게으르게 망해가는 것들에는 평화가 깃들어 있는 법, 장사가 안되는 풍경은 당연하리만치 친숙해진 지 이미 오래였다. 궤변 같지만, 막상 잘나가는 것들에게는 자유가 없다. 잘나가는 것들은 제 무지와 불안을 허세로 포장하기 마련이거든. 희망 없는 세상, 공갈로 사는 거지 뭐.

학점에 F가 수두룩했던 F형은 내 대학교 4년 선배로 골수 운동권이면서도 독일 시인 고트프리트 벤을 무척 좋아해 그의 골이 빠개지는 시풍을 따라 습작을 하던 시인 지망생이었다. 고트프리트 벤의 전위적인 첫 시집 《시체공시소》와 희뿌연 최루탄 연기 속을 가르며 달려나가 활활 타오르는 '꽃병(화염병)'을 허공으로 쏘아올리는 한 삐쩍 마른 이십대 초반의 청년은 어째 좀 서로 이물감이 들지만, 내가 이 마당에 그의 이런 이력 같지도 않은 이력을 군이 늘어놓는 것은 시에 전혀 재능이 없는 그가 다행스럽게도 현재 시인이 아니라 요리사라는 기쁜 소식을 알리고 싶은 까닭이다. 그것도 그냥 요리사가 아니라 이탈리아 음

식과 와인이 주 종목인 비스트로 '몽유병의 여인'의 유일한 정
규 직원이자 주인장인 요리사.

나는 홍대 앞에 나가면 누구와 술을 한잔 걸쳤든 안 걸쳤든
항상 '몽유병의 여인'에 들러서 바 테이블에 앉는다. 그러면 대
개 F형은 홍대 미대에서 서양회화를 전공하고 있는 아르바이트
생 J양더러 오늘은 이만 됐으니 그만 가도 된다고, 임금은 그대
로 쳐줄 테니 걱정 말라고 말하기 일쑤다. 아르바이트생이 사장
쪽박 찰까봐 진심으로 걱정해주는 가게는 슬프지만 아름답다.
세상 사람들이 모두 악한 것은 아니다. 그러나 착한 사람이 되
기 위해서는 그보다 먼저 일정 부분 집약적으로 한심해져야 한
다. 어쩌면 이것이 무심한 정한심 양의 부친이 장차 성질 더럽
게 성장할 딸에게는 허락도 받지 아니하고 그녀 인생에 문신처
럼 새겨버린 황당한 이름 석 자를 통해서 전 인류에게 던진 화
두가 아닐까? 일단은, 우주의 비밀로 남겨두기로 하자.

'몽유병의 여인'에서 나는 페놀을 마실지언정 와인은 입술에
대지도 않는다. 두주불사인 내가 유독 와인만은 쥐약이어서다.
언젠가 어느 정신 나간 출판사가 크리스마스이브에 그 한 해 가
장 애처로워 보였던 작가를 선정해 고급 레드와인 세트를 백화

점 택배로 선물한 적이 있었는데, 그 아까운 거 여자한테 주고 환심이나 살걸, 언짢은 일이 있는 바람에 혼자서 두 병 다 벌컥 벌컥 비워버리고는 오바이트를 해대다가 내 입에서 피의 폭포가 쏟아지는 줄 착각하고는 매우 무서웠던 기억이 있다. 이제는 쟁반 위에 놓인 포도송이는 물론이요 들판에 서 있는 포도나무만 봐도 속이 울렁거린다.

시인 김수영은 〈요즈음 느끼는 일〉(1963)에서, "혁명 후의 우리 사회의 문학하는 젊은 사람들을 보면, 예전에 비해서 술을 훨씬 안 먹습니다. 술을 안 마시는 것으로 그 이상의, 혹은 그와 동등한 좋은 일을 한다면 별일 아니지만, 그렇지 않고 술을 안 마신다면 큰일입니다. 밀턴은 서사시를 쓰려면 술 대신에 물을 마시라고 했지만, 서사시를 못 쓰는 나로서는, 술을 좋아하는 나로서는, 술을 마신다는 것은 사랑을 마신다는 것과 마찬가지 의미였습니다. 누가 무어라고 해도, 또 혁명의 시대일수록 나는 문학하는 젊은이들이 술을 더 마시기를 권장합니다. 뒷골목의 구질구레한 목롯집에서 값싼 술을 마시면서 문학과 세상을 논하는 젊은이들의 아름다운 풍경이 보이지 않는 나라는 결코 건전한 나라라고 볼 수 없습니다"라고 썼다. 지난 몇 개월 '사랑'을 집중적으로 너무 마셔댔더니 머리가 맑아지긴 한 것 같다.

나는 도통 글을 쓸 수 없었고, 황폐해졌으나, 완전한 불모지가 되진 않았다. 이제 다시 글을 쓰려고 한다. 머릿속이 다시 더러워지기 전에 얼른. 그러나 명심할 것은, 지금은 혁명의 시대가 아니며 문학하는 젊은이들은 사라졌거나 상처받았다는 사실이다. 그리고 또한 명심할 것은. 나는 나의 시대를 환멸로 채워선 안 된다는 것. 사라지고 상처받은 마음에 뭔가 의미 있는 일을 해주고 싶다는 것. 나는 아직 나의 일을 시작도 안 했다. 나는 아직 미쳐 있는 것이다. 천만다행이다.

레드와인을 와인글라스에 따르며 F형이 말했다.

"왜 이렇게 사람들이 싫은지 모르겠다가도 사실 이유야 빤하지. 내가 나 자신이 짜증나는 거겠지. 주여, 내가 내게 죄지은 자들을 사하여주었듯이 나로 하여금 나를 증오하지 않게 하소서, 뭐 그런 심정인 거지. 나는 대단하진 않지만, 나를 미워하진 않아, 아직까지는."

놀라운 일대 사건이 아닐 수 없었다. 저렇게 한심하게 살아가면서 자기 자신을 증오하지 않을 수 있다니. 가히 우주 최강 철면피가 아닌가 말이다. 애초에 이 인간은 운동권 경력을 이용해 국회의원이 될 수 없는 깜냥이었다. 만약 F형이 한반도에서 문제적 인간 박정희가 태어난 1917년 당시 러시아의 블라디미르

레닌 옆에 있었다면 필경 선봉에서 적의 총칼에 개죽음을 당하거나 기껏해야 온갖 뺑이를 치다 꿀떡이란 꿀떡은 모조리 모사꾼과 간신배 들에게 실실 넘겨줘버리고 레온 트로츠키처럼 여기저기 쫓겨다니다가 멕시코에 숨어 있던 끝에 1940년 이오시프 스탈린이 보낸 자객에 의해 등산용 도끼에 기어코 맞아 죽었을 공산이 99퍼센트도 아니고 100퍼센트인 것이다.

F형이 말했다.

"어지러운 세상 얘기 이젠 지긋지긋하다. 혁명이니 정치니 다 싫다. 믿을 이유도 없고, 이젠 믿으라고 이근안이 고문을 해도 안 믿는다."

"뭘 안 믿어?"

"혁명."

"……"

"정치. ……그 더러운 것마저도 더럽게 가짜인 정말 더러운 정치."

"……"

"남은 인생, 더 이상 말 가지고 남한테 상처주고 싶지도 않고. 그저 내 친구들이 다 잘됐으면 좋겠어. 그뿐이다."

인간의 내면을 쓸데없이 파헤치는 작가로서 보증하건대, F형은 내가 만나본 캐릭터들 가운데 가장 급진적인 낭만강경파의 전형이다. 사실상, 바보천치라는 소리다. 우주의 비밀일 리가 없는 분명한 바보.

대한민국 현대사에 길이 남을 고문경찰 이근안의 가명은 김철수였다. 별칭은 불곰. 누구나 처음부터 악인인 것은 아닌 모양이어서, 그는 고등학교 재학 중 길에서 칼 든 강도를 목격 추격하여 맨손으로 제압 경찰에 인계하였다. 참으로 용감한 시민 상감이었던 것이다. 그가 훗날 공군에 입대할 적에는 이 점이 높은 평가를 받아 경찰에 입문하는 계기가 되었다. 1970년 7월 순경에 임용되고 1972년 8월부터 1987년까지 대공, 방첩, 공안 분야 수사 담당관으로 활약. 세상을 떠들썩하게 했던 화성 연쇄 살인 사건 용의자가 오리무중이자 경찰 당국이 한때 그를 화성 경찰서로 발령냈던 일화는, 결국 범인은 못 잡았으나, 그가 얼마나 치밀하고 독한 형사였는지를 짐작케 하고도 남는다. 재직 기간 매번 특진으로만 고속 승진했고 총 열여섯 차례의 표창을 받았다. 그러나 전두환 제5공화국의 붕괴와 더불어 몰락한 그는 장장 10년 10개월의 도피생활 끝에 자수해 7년간 수감생활을 해야 했다. '등잔 밑이 어둡다'라는 말 또한 '하나도 틀린 것이 없는 옛말'이어서, 수원지방검찰청 성남지청에 제 발로 나타나기까지 그는 그의 집 근처 창고 뒤 골방에 숨어 지냈다고 한다. 이근안은 그 긴 세월 그 차갑고 고독한 공간에 화살 맞은 짐

승처럼 웅크리고 있는 동안 배신이 없는 나라를 찾다 보니 하나님 나라를 찾게 됐고 그래서 예수쟁이가 됐노라 술회했다. 2006년 11월 7일 0시 25분경 경기도 여주시 가남읍 여주교도소 대문 앞에서 "사회에 물의를 일으켜 죄송하다. 그 시대엔 애국인 줄 알고 했는데 지금 보니 역적이다. 세상사는 생각하고 싶지 않다"라고 출소의 변을 대신했던 그였다. 근데 그게 다가 아니었다. 하나님도 불쌍하시지, 이근안은 2008년 10월 30일, 대한예수교장로회(합동개혁) 산하 한 분파의 목사 임직식에서 목사 안수를 받고 정식 목사가 되고 말았던 것이다! 오 마이 갓! 그렇다. 이 세계의 맞은편. 그러니까 내가 온종일 언제나 괴로워하고 있는 이 모든 것들의 맞은편에는, 신이라는 인간의 어둠이 있는 것이다. 어디 가서 악마를 찾지 마라. 고문기술자였다가 버젓이 목사가 되는 인간이 바로 악마니까. 결국 이근안은 설교 중에 "고문은 예술이다"라는 개소리를 늘어놓았고, 2012년 1월 목사 자격을 박탈당했다. 나는 세상과 인간이라는 아수라를 떠올릴 때면 항상 그를 생각지 아니할 수가 없다. 비록 한동안일 뿐이었다손 치더라도 목사 이근안이라니. '하나님'도 이루 말할 수 없이 고생을 하고 욕을 보는 직업인 것이다.

세상이란 무엇인가? 인간이란 무엇인가? 서커스단의 코끼리가 죽어서 쓰레기 처리장에 내다버려졌는데 난민들이 우르르 달려들어 그 죽은 코끼리를 우글우글 뜯어먹는다. 이것은 알레한드로 조도로프스키 감독의 영화 〈성스러운 피〉의 한 장면이다. 살벌한 연출이라고? 아니. 조도로프스키는 그 장면이 연출된 게 아니라 사실 그대로를 찍은 거라고 회상한 바 있다. 이런 세상과 이런 인간이 끔찍해 고안해낸 것이 '혁명'이라면 혁명은 아무리 진지하고 진실해봤자 비극적인 사기극의 심화 과정일 수밖에는 없다. 왜냐? 세상이 변하기 전 서커스의 코끼리 쇼가 폐지되어야 하기 때문이고 그보다 먼저 인간이 없는 세상이 코끼리에게는 가장 완벽한 행복이기 때문이다. 겨우 이 정도도 몰랐기에 우리가 인간도 못 되었고 세상에도 졌던 것은 아닌지 싶다. 코끼리 고기 맛있었어? 안 먹은 척하니까 좋아? 이 세계의 맞은편, 그러니까 내가 온종일 언제나 괴로워하고 있는 이 모든 것들의 맞은편에는, 인간이라는 신의 어둠이 있는 것이다.

F형이 말했다.

"한정적이고 일시적이지 않은 것은 혁명이 아니다. 혁명을 이루고 나서는 혁명을 바로 버리거나 떠나야 해. 혁명을 보관하지 마라. 세상과 인간은 지옥 같은 여름이고, 혁명은 상하기 쉬운 생선이니까."

내가 말했다.

"세상을 좋은 쪽으로 바꾸고 싶었던 거 아냐? 그게 나쁜 일은 아니잖아?"

F형이 말했다.

"바꾸고 싶었지. 확 바꾸고 싶었지. 세상을 천국으로 만들고 싶었냐고? 그랬지. 근데 말이야, 근데."

"근데?"

"인간들 하나하나가 일일이 다 지옥이더라구. 나는 이미 아주 오래전에 이 사회에 대한 정나미가 완전히 떨어졌다. 경제적으로 잘살고 못살고의 문제가 전혀 아냐. 이 사회는 아무런 이유 없이 잔인하고 무식한 언어로 결백하고 심지어는 훌륭하기까지 한 개인을 상징으로서가 아니라 진짜로 살인하는 사회거든. 세상에나, 총이나 칼이 아니라 언어로 말이야. 우리 사회는 민간인에 대한 학살과 강간이 자행되는 전쟁터보다 더 역겨운 사회야. 이런 곳에서 이념이란 게 대체 무슨 소용이 있겠나? 똥통 안에는 그 어떤 음식을 집어넣든 꺼내먹을 수 없어. 그런데 심지어는 그런 짓을 하면서도 그게 옳다고 타인에게 그러기를 강요하는 사람들로 가득 차 있는 게 바로 이 사회야. 이게 지옥이 아니라면, 대체 어디가 지옥이란 말이지?"

음. '세상에 나쁜 개는 없다'라는 말이 '세상에 안 나쁜 인간은 없다'라는 말과 동의어라는 소리로 들리긴 한다. 이런 생각을 하고 있는 나는 못된 인간인가 선량한 개인가?

내가 말했다.

"그럼 정치는?"

"정치가 뭐?"

"정치는 뭐냐고? 혁명이 상하기 쉬운 생선이면, 정치는 야비하고 위선적인 악어 정도 되는 건가……?"

"너무한 거 아냐? 내가 그런 것에 대해서까지 설명해야 해?"

뭐 어찌 됐든, 슬픈 이야기다. F형은 완벽한 허무주의자가 된 것일까? 하긴, 세상을 살다 보면, 역사에 등장하려고 기를 쓰는 인간들을 보게 된다. 왜 그렇게 지옥에서 살고 싶어 안달인지 정말로 묻고 싶다. 세상에는 열심히 하면 되는 일들과 안 하면 그뿐인 일들이 있다. 그런데 웃기는 사실은, 의외로, 안 하면 그만이라고 맘먹으면 정말 그만인 일들을 정말 그만뒀을 때, 평화가 찾아온다는 사실이다. 사람들은 사랑을 하면 행복해질 줄 안다. 그래서 사랑을 시작한다. 그게 그게 아닌 줄 알면서도, 혹은 모르면서도. 불행은 대충 그런 식으로 시작된다. '굳이 하는 일'이 인간을 보내버린다. '기필코 하는 일'이 인간을 살린다. 사랑의 모순이다. 하면 사고이고 무사고도 사고다.

F형은 왜 자신과는 어울리지도 않는 고트프리트 벤의 시에
매혹됐던 것일까? 아직까지 나는 단 한 번도 물어본 적이 없다.
성병 치료와 피부과가 전문이었던 고트프리트 벤의 초기 시에
는 성도착과 타락의 의학적 측면이 중요한 주제였으며 첫 번째
아내의 죽음과 친구로 지내던 한 여배우의 자살이 짙게 그림자
드리워져 있다. 표현주의와 니체의 영향에서 출발한 그는 신화
와 원초적 세계의 자아 상실과 도취, 과격한 현실 폭로, 종래의
원리와 그 내용을 일관되게 부정하였다는데 대체 이게 다 무슨
개소린지는 나도 잘 모르겠다. 1933년도에 출간한 에세이 《신
국가와 지식인》에서 니힐리즘 극복의 가능성으로서 나치즘을
찬양하였으나 곧 자신의 잘못을 깨닫고 붓을 놓았으며, 망명의
귀족적 형식을 선택하여 군의관으로서 제2차 세계대전의 한복
판에 뛰어들었다는 대목은 약간 이해가 간다만. 다만, 의사였는
데 재수 없이 군대에 끌려가 제2차 세계대전에 휘말렸으면 휘
말린 거지, 얼어 죽을 놈의 '망명의 귀족적 형식을 선택하여' 어
쩌고저쩌고는 또 뭔 골 빠개지는 개구라란 말이냐. 그러나 만약
지금의 우리가 당시의 독일 상황인데 히틀러 같은 괴물이 나타
났다면 나치에 환호하지 않으리란 보장이 없다. 보통의 경우 악

마는 환란과 절망 속에서 그리스도의 모습으로 강림하니까. 그리고 그것은 우리의 어두운 마음이 보고 싶어 하는 딱 그 거울인 것이다. 히틀러가 어디 먼 데 있는 게 아니다. 책이 얼마나 무서운 물건인지 모르는 사람은 혁명 같은 것을 논할 자격이 없다. 글이라는 것이 얼마나 무서운 것인지 모르는 사람은 인간이 가지고 있는 것들 중에 가장 무서운 것이 무엇인지 모르는 사람이다. 히틀러가 어디 또 없나 항상 두리번거리고 있는 F형과 나는 책과 글과 거울을 무서워하니, 혁명가는 아닐지언정 혁명을 논할 자격은 있을 것이다.

정치가 생선이건 악어건 간에, 나는 민주주의를 믿지 않는다. 다만 민주주의에 대해 끝없이 의심하면서도 민주주의를 지키려 노력할 뿐이다. 그런 의미에서 내게 민주주의는 차선이 최선인 유일한 사회적 방법일 뿐이지 '주의'가 아니다. 민주주의는 이념이 아니라 민주적 '제도'다. 이것이 내가 온갖 모양의 파시즘들을 경계하고 물리치는 기본 전술이다. 민주주의와 정의와 선의의 외피를 두르지 않은 파시스트들을 나는 단 한 번도 본 적이 없으며 앞으로도 없을 것이다. 민주주의자는 무지와 확신에 의해 파시스트로 재탄생한다. 지금껏 이 사회에서 나는, 우익 파시스트들과 적어도 동일한 숫자의 좌익 파시스트들을 보아왔다. 그리고 자신이 파시스트인지도 모르는 파시스트들은 그 두 편을 합친 숫자보다 훨씬 더 많았다. 왜냐하면 거기에는 그 두 편이 거의 다 포함되어 있기 때문이다. 일단 한반도 안으로 들어오면 모든 것들은 다 샤머니즘이 돼버린다. 과학조차도. 한국에서 살아간다는 것은 어떤 의미에서든 불구덩이 속에서 살아가는 것을 의미한다. 그것은 한국이 불구덩이여서라기보다는, 한국인들이 제각기 불구덩이여서이다. 좌파니 우파니 뭐니 하는 이념이 아니라, 불구덩이. 불이 아니라, 불구덩이. 이것이 냉소에 불과하다고 생각하는가? 만약 그렇다면, 우리와 우리의 나라는 정직하고 치열한 냉소가 필요한 지경에 이르러 있다. 자신의 확신이 무지일 뿐이라면 어쩌겠는가. 가장 한심하면서도 가장 해악한 노예는, 자신의 과거에 사로잡혀 새로운 것을 받아들이지 못하는 노예다. 그들은 자기가 노예인 줄도 모르는 채 세상만사에 주인 행세를 하려든다. 인간과 정치적 권리라는 게 그렇다. 자유민주공화국에서는 누구나 정치 활동을 할 수 있다. 그런데 그 권리 안에는 스스로 정치 활동을 절제하고 외면할 수 있는 권리까지 포함되어 있다는 사실을 우리는 자꾸 잊어버린다. 이 권리는 흔히 정치적 무관심이라는 절대악으로 규정되면서 사람들로 하여금 자신과 세계를 세심하고 신중하게 읽어내며 공부할 수 있는 태도와 기회를 빼앗는다. 스스로 정치 활동을 절제하고 외면하는 권리는 정치적 무관심이 아니라, 정치적 지성일 것이다. 정치를 지나치게 좋아하고 그 정치를 지나치게 좋아하는 것에 백 배 정도는 당파를 좋아하는 대한민국의 조선인들은 정치적 자유를 유린하는 정치적 야만인들이다. 그 권리가 뭐든 권리 행사를 잘해야 제 인생을 안 망칠 수 있고, 정치 활동을 해서는 안 되는 인간들이 정치 활동에 환장해 있는 나라는 지옥과 쓰레기 그 사이 어디쯤에 주저앉아 있는 나라이다.

나는 인간의 위선이 가장 무섭다. 위선의 가면은 별것이 아닌지 모르지만, 위선의 가면을 쓰고 있는 그 몸은 악마가 하는 짓을 천사의 말을 하며 저지르기 때문이다. 혁명과 마찬가지로 민주주의 역시 상하기 쉬운 생선이로되, 이 생선은 그저 구더기만 들끓는 게 아니라 정의로운 흉기가 되어 가슴이 답답하고 무지한 인간의 손아귀에 꼬옥 쥐이기도 한다. 너무 많은 것들을 인간과 그 사회에 기대하지 마라. 그렇지 않으면 거짓과 위선에 물들어 지친 끝에 삶의 감동을 잃게 될 것이다. 거의 모든 정치적 죄에서는, 신념이 무지다. 그래서 예수가 이렇게 말했을 것이다.

—주여. 저들은 저들의 죄를 모르나이다.

자유민주주의의 산물이 자본주의가 아니라, 자본주의의 산물이 자유민주주의다. 카를 마르크스가 자신의 이론에서 논하지 않거나 해결하지 못한 것들 가운데 가장 대표적인 것은, '혁명에 성공한 공산주의의 경제체제는 이후 정치와 그 권력 구조로서 무엇을 선택해야 하는가?'였다. 하여 나는 인간의 계급은 돈이나 학벌로 정해지는 것이 아니라고 믿는다. 왜냐. 인간의 계급은 그의 언어와 행동으로 정해지는 것이라고 믿고 싶어서. 하지만, 인간의 계급은 돈이나 학벌로 정해지는 것이라고 믿으면서 사는 편이 인간의 계급은 그의 언어와 행동으로 정해지는 것이라고 믿는 편보다 인간으로부터 훨씬 덜 상처받는다.

　고트프리트 벤의 아버지는 프로이센의 개신교 루터 파(派) 목사였다. 니체 같은 또라이들 가운데는 아버지가 목사인 경우가 의외로 대단히 많다. 여담이지만, 1980년도에 한국어 번역 초판이 출간돼 소위 종교서적 중에서는 장기 베스트셀러에 올랐던 《하나님의 지하운동》이라는 책이 있다. 저자는 루마니아 공산 치하에서의 기독교적 넬슨 만델라 정도로 생각하면 크게 틀리지 않는 리처드 범브란트 목사다. 전두환 제5공화국의 치세였고, 대한민국의 교회 좀 다닌다는 집안이면 방언을 하는 식구가 한 명쯤은 꼭 있었고 아직은 젊었던 순복음교회 조용기 목사가 전 세계를 돌아다니면서 이적 기사를 행하던 그런 시대였다. 리처드 범브란트 목사와 《하나님의 지하운동》에 얽힌 나의 이야기는 나중에 적절한 기회가 있으면 들려주겠다. 그저 지금 내가 밝히고 싶은 것은 《하나님의 지하운동》이 당시 기독교인들 사이에서는 일종의 '운동권 서적'이었으며 내가 청소년 때에 그것을 탐독한 이유는 훗날 신학교에 진학해 목사가 되려는 꿈을 가지고 있었기 때문이라는 충격적인 사실이다. 당장 사방에서 비웃는 소리가 울려 퍼지는데, 이 말만은 꼭 해주고 싶다. 사탄도 원래는 천사였다. 이근안도 자기가 목사라지 않나. 어떤 알 수 없는 힘에 이끌려 예쁜 여학생을 따라 기독교 서클에 들어갔다가 빠져나오느라 죽을 뻔했던 경험이 없는 자는 감히 나를 비웃을 자격이 없다. 헤르만 헤세의 《데미안》 속에서 방황하는 싱클레어는 거의 어린 시절 나의 모습이었다. 나의 영혼과 피에는 그러한 흔적이 긍정적으로든 부정적으로든 선명하다. 내 여러 장르의 작품들, 특히 소설 속에서, 서양적 개념의 절대자인 신이 자주, 그리고 온갖 모습들로 둔갑해 등장하는 것은 바로 그 때문이다. 삼십대를 지나면서 불교를 공부했고, 와중에 신이란 것에 대해, 예술이라는 것에 대해, 인간이란 것에 대해, 세상이라는 것에 대해 나름의 결론을 내릴 수 있었다. 내 문학의 대전제는, 인생이라는 환상 속에서 헤매는 인간이라는 물질이다. 불교적 시공을 방황하는 기독교적 인간들의 풍경이다. 그 두 세계관의 기이한 혼음이 빚어내는 노을이다. 이 점을 모르고서는 내 문학을 절대로 이해할 수 없다. 내 문학을 이해하는 사람이 이 세상에 거의 없는 것은 바로 그 때문이다.

아, 참. 순진해빠진 건 F형이나 고트프리트 벤이나 비슷하다. 나치는 1937년 고트프리트 벤의 작품 발표를 금지했다. 니힐리즘 극복의 가능성으로서 나치즘을 찬양하고 지랄이고 간에, 퇴폐적이라는 거였겠지. 씩씩하지 않으니까, F형이나 고트프리트 벤이나. 아까 '정치'에 대해 언급했으니 찝찝해서 마무리하건대, 과학책을 읽으면, 세상만사가 다 하찮고 부질없어 보인다. 특히 정치 같은 것들은 더더욱. 아수라장들, 돼지기전에 지랄발광하고 싶어서 그럴듯하게 우글거리는 것들. 그런 의미에서 과학은 진정한 종교성을 지니고 있다. 수학을 못하기에 망정이지 만약에 잘했더라면, 지금처럼 내게 과학책이 심오한 경전(經典)으로 다가올 수는 없었을 것이다. 과학을 가지고 뭘 또 해보려고 했을 테니까. 과학자들은 다 사제(司祭)요, 시인은 어느 강물에서건 깊이 가라앉고 싶어 하는 이 세계의 사금파리, 그 부스러기다. 그렇다면 당신은, 엉뚱한 곳을 향해 머리 조아리며 시공간을 더럽히지 말고 사막의 모래에게 경배하시오.

　나는 비록 아무것도 아니지만 나름 고통 속에서도 어떤 방식으로든 내 인생을 기념하면서 살아왔다. 아무도 알아차리지 못한다 하더라도 그것은 내 실존에 한해서만큼은 가치가 있는 일이었다. 오늘은 새벽에 일어나 차를 한 잔 마시려는데 나도 모르는 사이 식탁에 앉아 뭔가를 사인펜으로 쓱쓱 그림 그리듯 쓰고 있었다. 어떤 한 남자에 대한 이야기인데, 그는 가만히 혼자 울고 있었다. 뭐 특별히 슬픈 일이 있었던 것도 아니고 우울증도 아니다. 어떤 깨달음처럼 지난 삶이 후회와 아픔으로 다가오는 것이다. 나는 글쓰기를 멈추고 종이를 접어서 거실 책꽂이에 올려놓았다. 언젠가 이어서 쓰든, 휴지보다 못하게 버려지든 하겠지. 원인도 찾지 못한 채 지쳐버리는 대부분의 인생들처럼. 썰렁한 지하철 안의 모두가 한 사람의 장례식에 가고 있거나 한 사람의 결혼식에 가고 있는 것만 같은 그런 일요일이었다.

　나의 글을 세상에 띄우는 어떤 편지라고 할 적에, 어쨌든 나는 행복한 작가다. 아직까지는 내가 쓰고 싶은 만큼의 편지들을 어느 누구에게도 억압받지 않으며 세상에 내놓을 수 있으니까.

그러나 그렇지 못하던 시절도 있었다. 불만은 없다. 다시 이렇게 살 수 있으니 그것으로 족하다. 그리고 무엇보다 감사한 것은, 내 편지를 누가 읽거나 안 읽거나 하는 것에 전혀 상관하지 않는 마음과 삶의 형식을 가지게 되었다는 점이다. 나는 누군가 내 글을 읽지 않는다는 것에 관하여 아무런 불만과 분노가 없고, 오히려 요즘은 읽어서는 안 되는 인간들이 읽는 것이 불쾌할 지경이다. 내가 작가로 살아가면서 발견하게 되는 부정할 수 없는 사실은, 누구나 한 번은 어떤 글의 주인공이 되고 싶어 한다는 점이다. 그런 사람들은, 실재가 가상이고 가상이 실재이며 적이 친구이고 친구가 적이라는 걸 잘 모른다.

정한심 양을 기다리면서 F형과 나는 권투 이야기를 했다. 2016년 6월 3일 무하마드 알리가 미국 애리조나 주 피닉스의 한 병원에서 숨을 거뒀다. 그는 인류 역사상 가장 위대한 무인(武人) 중에 한 사람이었다. 세계 최강의 헤비급 권투선수였다가 타락의 길을 걷고 있는 마이크 타이슨도 "신이 챔피언을 맞이하러 오셨다. 편안히 쉬소서 위대한 자여"라며 애도를 표했다. 1985년 열아홉의 나이로 프로에 데뷔한 타이슨은 19연속 KO승 행진을 이어가며 일약 슈퍼스타로 떠올랐으나 1990년 2월 11일, 권투 역사상 최대 이변의 주인공이 되는 충격적인 패배를 당한다. 운명의 10회, 무명 복서 더글라스에게 KO패로 챔피언벨트를 내줘야 했던 것이다. 이후 타이슨은 몰락의 아이콘이 돼버렸다. 성폭행 혐의로 3년간 감방살이를 해야 했고, 형편없는 실력에 실망과 야유로 가득 찬 링들을 전전하는 것도 모자라 1997년에는 시합 상대인 에반더 홀리필드의 귀를 물어뜯는 기행 때문에 핵주먹이라는 별명이 졸지에 핵이빨로 뒤바뀌었다. 그로부터 16년 뒤인 2013년, 타이슨은 다름 아닌 에반더 홀리필드와 우스꽝스런 TV 광고를 찍어 또다시 화제가 됐다.

"미안해! 에반더, 이거 네 귀야."

"내 귀라고?"

"응. 내 입에 있던 걸 챙겨뒀었어."

"고마워."

정말이지, 세월이 흘렀는데도 코미디가 안 되는 일이란 세상에 없는가보다.

그런데 그런 마이크 타이슨조차도 이런 멋진 말을 남겼다.

―누구나 그럴싸한 계획을 가지고 있다. 처맞기 전에는.

그리고 명언 제조기였던 알리의 멋진 말들 가운데는 이런 게 있다.

―곰팡이 핀 빵에서 페니실린이 만들어지듯, 당신도 무언가가 될 수 있다.

알리의 명언을 듣고 타이슨의 명언을 들으면 '그러다가 맞는다'는 경고가 된다. 그러나 타이슨의 명언을 듣고 알리의 명언을 들으면, '그럼에도 불구하고 도전하라'는 격려가 된다. 정반대의 두 말 다 맞는 말이다. 늘 구렁텅이에 빠져 허우적대는 것은 날렵한 명언이 아니라 어리석은 인간의 행동일 뿐인 것이다. 희망 없는 세상, 공갈로 사는 거지 뭐.

서른 살 무렵 어떤 알 수 없는 힘에 이끌려 검도 수련을 시작했다가 급기야는 검도 도장을 거의 운영하다시피까지 하면서 하루도 안 빼놓고 8년 남짓을 검도에 완전히 미쳐 지냈더랬다. 그러다 또 어떤 알 수 없는 힘에 이끌려 검도 사범들과 헤어지고 난 뒤 그 낙담과 허전함을 달래기 위해 한창 권투에 빠져 있었을 때 나는 세계 챔피언 도전에만 두 번 실패한 바 있는 내 권투 체육관 관장님에게 글러브를 벗으며 이렇게 물었다.

"관장님. 권투란 무엇입니까?"

내 주먹에서 붕대를 풀어주면서, 관장님은 이렇게 말했다.

"……어떤 어려움이라도 이겨내는 것."

나는 라이트 훅으로 복부를 맞아 숨이 멎은 듯 감탄했다.

"명쾌하군요."

그리고 그로부터도 시간이 꽤 흘러, 나는 권투에 대한 다음과 같은 깨달음에 이르렀다.

　—잽을 계속해서 허용하면 골리앗도 결국 맛이 가게 돼 있다. 스트레이트, 어퍼컷, 훅보다 무서운 게 잽이다. 가랑비가 댐을 무너뜨린다. 휘파람이 성(城)을 무너뜨린다. 그의 가랑비와 그의 휘파람은 너의 가랑비와 너의 휘파람이 아니기 때문이다. 개미 얕보지 마라. 못하는 일이 없으시다, 개미가 하나님이다. 오른손잡이의 오른손 공격보다 무서운 게 오른손잡이의 왼손 공격이다. 오른손잡이가 오른손에 부상을 입어 억지로 왼손을 많이 썼는데 의외로 쉽게 이기는 경우가 종종 있는 것은 그래서이다. 무력(武力)은 화력의 총량도 중요하지만, 화력의 밸런스에 의해 견고해지고 극대화된다. 권투는 두 주먹보다는 오히려 두 다리의 투기(鬪技)다. 먼지는 파괴되지 않고 떠다니다 아무 데서나 먼지로서 건재할 뿐, 진흙으로 빚어진 몸이라야 바람을 타고 어디론가 날아가니, 부디 먼지를 사랑하라. 무거운 것이 하늘에 냉정하게 떠 있어야 공포를 불러일으키는 힘이 된다. 기본이 수단을 등에 태우고 이동하면서 가격할 때야 비로소 의미 있는 폭발이 점화된다. 처음에는 정칙을 배워라. 그 정칙을 무한 반복해 형식이 감각으로 무르익으면 어느덧 그 정칙은 어떤 변칙으로 진화하고 그 변칙은 아까 그 정칙을 이기는 또 다른 정칙이 된다. 세상 모든 강자들이 그러한 것처럼, 무적의 권투는 변화,

곧 '역(易)'이다.

앞서 시인 김수영의 말을 들먹이며, 그처럼 나 또한 술을 '사랑'에 비유했지만, 사랑이라는 것은 술처럼 너무나 복잡하고 다양한 해석의 층위를 지닌 물질이다. 누군가를 위해 살아야지 그렇지 못하니 삶이 자꾸 슬럼프에 빠진다. 인간이 이기적이라는 말은 거짓말이다. 인간은 자신을 위해 누군가를 자신보다 더 사랑해야 하는, 가슴 아프고 불안하지만 아름다운 존재다. 인간이 이기적인 동물인 것은 부정할 수 없는 사실이다. 그러나 또한 인간은 누구를 위해 사는 힘으로 살아가기도 한다. 누구 때문에 더 잘해보고 싶고, 누구 때문에 더 멋있어지고 싶고, 누구 때문에 더 용기를 내고 싶고, 누구 때문에 더 집중하고 싶고, 누구 때문에 더 강해지고 싶고, 누구 때문에 더 선량해지고 싶고, 누구 때문에 더 유머러스해지고 싶고, 누구 때문에 더 진지해지고 싶은 것이다. 이것이 '사랑'이다. 맞다. 인간이 이기적인 동물이라는 게 부정할 수 없는 사실인 것은 맞다. 그러나 사랑하는 인간은 이기적인 인간을 부정한다. 절망 속에서 하나님이 보이지 않는가? 그렇다면 정말로 좋은 방법이 있다. 하나님이 당신을 보고 계시다고 믿어라. 어때? 이젠 안 외롭지? 이근안이 목사가 되는 것도 참고 견뎌야 하시는 하나님은 사실 당신만큼 수줍음이 많으신 거다. 이해받고 싶은 놈이 먼저 이해해야 하는 법이다. 억울할 게 하나도 없다. 그게 '구원'이다.

　내가 문학을 공부하고 행하는 사람이라는 게 생활적으로는 고약한 독(毒)이 되었다는 건 분명하다. '그러나' 내가 문학을 공부하고 행하는 사람이라는 것은 돌이켜보건대, 결과적으로 다행이었다. 한 인간이 이 세계의 비밀 앞에서 바보가 되지 않는 것은 무척 힘든 일이기 때문이다. 물론 문학을 공부하고 행한다는 사람들 전부가 이 세계의 비밀 앞에서 바보가 아닌 것은 아니다. 솔직히 오히려 더 어리석은 경우, 더 더러운 경우가 태반이다. '그러나' 나는 문학을 공부하고 행하며 얻은 것들로써 이 세계의 비밀 앞에서 바보가 되지 않을 수 있었으며 무엇보다, '이방인'이 될 수 있었다. 나는 항상 내 친구들이 말이 안 통하는 이민족 같았다.

　고트프리트 벤의 시 세계만큼이나 어려운가? 영, 재수가 없나? 뭐 그래도 어쩔 수 없다. 어떤 알 수 없는 힘에 이끌려 언제나 잘 안 팔리는, 그러며 영원한 우주의 비밀로 남겨질 나의 모든 책들처럼, 그럼에도 불구하고 이것은 나의 몇 안 되는 소중한 진심들 중 하나이기 때문이다. 참고로, 고트프리트 벤은 우주의 비밀 대신 이런 멋진 말도 남겼다.

—삶은 모습을 감추고 있는 신의 죄업(罪業)이다.

이래서 F형이 이 양반의 시를 나치 추종 전력까지 덮어주면서까지 좋아하는 것일까? 지금도 조용히 눈을 감으면, 그 시절의 그 푸르른 급진 낭만강경파 청년 F형이 던진 꽃병은 인생이라는 혼탁한 최루연기 사이를 씨이잉— 환하고 경쾌하게 헤치며 달의 뒤편으로 날아간다.

이거는 무슨 사무엘 베케트의 《고도를 기다리며》도 아니고, 정한심 양은 여태 나타나질 않고 있다. 그런데 정한심 양은 정말 정한심 양인가? 우리는 정말 정한심 양을 기다리고 있는 것인가? 아니면 정한심 양을 기다리는 척하면서 '해피 붓다'를 기다리고 있는 것인가? 혹은 정한심 양과 해피 붓다를 동시에 기다리는 것인가? 정말은 절망이 아니라 정말 정말인가? 여기서 '우리'는 누구인가? F형과 나인가? 이 글을 읽고 있는 당신도 함께인가? 친구가 되려면 적어도 먼저 서로가 서로의 고독 앞에서 솔직해져야 한다. 오랜 세월 동안 나는 기도하는 사람과 비슷하게 생겨 처먹은 내 고독을 실컷 경멸하며 살아왔다. 유쾌하진 않았지만 대수롭지도 않았다. 아무도 내게 대체 뭐하는 사람이냐고 묻지 않았고 또한 내가 약봉지를 무심코 찢어서 그 뒤에 뭔 개소리를 적어놓았던들 그게 이제 와 이 개 같은 세상과 무슨 상관이란 말인가? 만약 나의 짜증과 답답함에 공감하는 이가 있다면 바로 지금, 왼손이든 오른손이든 번쩍 들어라. 당신은 우리의 '우리'니까.

문학이 나의 종교인 줄 알았는데, 문화와 역사와 종교와 심지어는 과학마저도 공부하면 할수록, 심지어는 종교조차 '문학'이라는 사실을 깨닫는다. 명백한 사실이고, 문학은 그만큼 크다. 존경받으려는 시인은 사기꾼에 불과하다. 시인은 사랑받아야 하는 존재다. 만약 그가 시인이라면. 고트프리트 벤은 F형에게 사랑받는 시인이다.

말이 길면 간첩이라지만, 그러거나 말거나 어차피 내 맘, 지옥에서 살아도 내 월세고 천국에 불을 질러도 내 징역. 내가 해피 붓다를 간절히 찾아 헤매는 까닭은 대강 위와 같은 여러 질문들에 대한 단 하나의 해답이 얻고 싶어서임을 분명히 밝힌 거나 마찬가지여서 그건 참 다행이다. 한데 아직도 정한심 양은 '몽유병의 여인'의 유리문을 열며 맑은 종소리와 함께 등장하지 않고 있으니, 어쩌면 우리의 해피 붓다는 일단, 우주의 비밀로 남으려나보다. 하지만 뭐 대단한 빛이 필요 있겠어? 나무아미

41

타불 관세음보살, 어둠 속에서 서로의 얼굴만 알아볼 수 있으면
되지. 안 그래?

무장한 소녀를 위한
해방 저널

이 세상에는 '암흑물질'이라는 게 있다고 한다. 나 같은 4류 소설가의 과장이나 거짓말이 아니라, 저명한 과학자들이 정색하며 하는 소리다. 암흑물질은 그 존재 자체가 깊디깊은 암흑이어서, 단순한 검은색과는 달리 평소 사람들의 눈에는 보이질 않는다. 뭐 비단 검은색만일까. 흰색도, 빨간색도, 파란색도, 금색도, 보라색도, 깊어질 대로 깊어지면 필경 사람들의 눈에는 보이지 않게 되는 게 아닐까? 사람의 마음도 깊어질 대로 깊어지면 몸을 사라지게 만드는 게 아닐까? 한 시대가 파괴되고 새로운 시대로 접어드는 경계에서는 사람들이 생각하는 '어떤 큰 사건' 이전에 '어떤 큰 상징'이 먼저 발생하기 마련이다. 그리고 그 큰 상징은 그리 크지 않은 사건의 가면을 쓰고 있기 마련인 것이다. 후일. 한 시대가 무너져 새로운 시대 안에 들어서고 나서야 사람들은 비로소, 아, 그때 그게 그거였구나, 하고 깨닫는다. 자신이 역사 앞에서 바보였다는 사실을. 나는 그러긴 싫다. 왜냐하면 나는 현실과 상징을 다루는 작가이기 때문이다. 작가에겐 공부 아닌 것이 없다. 지옥에 갇혀 있는 것도 내겐 공부다.

아무튼. 세상에는 암흑물질이라는 것이 있다. 그나마 몇 되지도 않는 친구들(10여 년 전쯤 문단생활을 스스로 접은 뒤로는 자연스레 그렇게 돼버렸다)로부터 정신병자라는 소견을 만날 때마다 선고받는 내가 하는 말이 아니라 어려서부터 줄곧 모범생으로 자라나시어 과학 교과서까지 편찬하시는 위대한 양반들이 주장하시는 바이니 되도록 믿기를 바란다.

그런데 문제는 이 암흑물질이 안 보이던 대로 계속 안 보이면 암흑물질이나 인간이나 피차 쌩까고 지내면 그만일 터인데, 글쎄 이 암흑물질이 어느 날 갑자기 제멋대로 인간의 눈앞에 불쑥 나타날 때가 있다는 거다. 여기서 '제멋대로'라고 표현하는 것은 인간들의 무책임한 관습을 내가 굳이 존중해 따라 한 것이다. 왜냐. 일단은 나 역시 어리석은 인간들 중 하나일 뿐이고, 본시 인간이란 원인을 밝혀낼 수 없는 현상 앞에서 겸손해지기는커녕, '제멋대로'라는 식으로 뭐든 제멋대로 폄하하기 일쑤이기 때문이다. 그야말로 못난 짓이지. 하지만 똑같은 죄를 다 같이 저지르고 나면 괜히 막 뿌듯하고 그렇잖아, 안 그래?

그렇다면. 정한심 양은 암흑물질인가? 아직 나타나지 않았으니 그냥 인간일 뿐인가? 아니라면, 조만간 갑자기 우리 눈앞에 검은색도, 흰색도, 빨간색도, 파란색도, 금색도, 보라색도 아닌, 천국으로 이어진 찬란한 무지개다리처럼 짜잔— 나타날 작정이란 말인가? 지옥에서 살아도 내 월세고 천국에 불을 질러도 내 징역. 횡설수설은 내 미학의 핵심이다. 인생이 모험이어서 즐거운 사람들이 있을 것이고, 인생이 모험이어서 괴로운 사람들이 있을 것이다. 다만 변하지 않는 진리는, 인생은 모험이라는 진실이다. 사바세계가 온통 영원한 우주의 비밀인 까닭이니, 고로 뭐든 정리하지 말란 말이야. 정리되면, 한꺼번에 다 죽는 거야. 알겠어?

하여간 이건 무슨 사무엘 베케트의 《고도를 기다리며》도 아니고, 결국 그날 밤 몽유병의 여인 정한심 양은 '몽유병의 여인'의 유리문을 열며 맑은 종소리와 함께 등장하지 않았다. 대신 나를 '악마'라고 즐겨 부르는 진짜 악마가 아무 연락도 없이 찾아와, F형을 마주 보고 있는 바 테이블의 내 옆자리로 와 앉았다. F형은 지난번 그 진짜 악마가 남기고 간 위스키 병을 나무

늘보가 하품하듯 가지고 왔다. 홍대 미대에서 서양회화를 전공하고 있는 아르바이트생 J양은 아까 벌써 F형이 임금은 그대로 쳐줄 테니 걱정 말라며 집으로 돌려보낸 지 오래. 장사에는 관심을 작파한 채 수상하기 그지없는 벗들과 노상 술만 처먹는 사장 쪽박 찰까봐 진심으로 걱정해주는 시급제 노동자는 자본주의에 대한 저항이 겸연쩍어 소위 진보 좌파이기를 포기할는지도 모른다.

가짜 악마인 내가 진짜 악마인 영화평론가 김봉석에게 말했다.

"나를 보면 괴로워? 그지? 나를 보면 괴롭지?"

진짜 악마가 말했다.

"뭔 소리야?"

"봉은 악을 추구한다고 그랬잖아. 그럼 나를 보면 즐거워야 하잖아? 그런데 날 보면 늘 표정이 어두운 거 같아서."

"내가 악을 추구한다고 그랬지."

"그러니까."

"그러나 악마를 만나고 싶다고는 안 했지."

진짜 악마에게 이런 개소리나 듣고 앉아 있는 가짜 악마의 심정을, 지금 나의 피맺힌 수기(手記)를 읽고 있는 당신은 아는가?《안네의 일기》가 따로 있는 게 아니다. 고독하구나.

"나를 파멸시킬 수밖에 없었던 것은 바로 최소한 한때 나를 구원해준 것이다."

진짜 악마가 말했다.

"웬 고상한 개소리?"

"너를 좋아하지도 싫어하지도 않는다는 소리야. 내 인생의 일부분이니, 그냥 바라볼 뿐이지. 모르겠어?"

"평론가들, 재수 없어."

"장 자크 루소 《고백록》의 한 대목이야. 읽어봤어?"

"약 먹었나? 그딴 걸 내가 왜 읽어."

"잘했어. 엄청 두꺼워. 3만 원짜리 책으로 두 권이야."

"그 작자는 뭘 고백할 게 그렇게 많았대?"

"죄를 많이 지었나보지. 너처럼."

교회와 군주가 악마이던 시대가 있었다. 자본주의와 공산주의가 악마이던 시대도 있었다. 이제는 종교와 이념과 대중이 다 악마다. 이 시대, 이 세상에는 악마이면서도 자신은 악마가 아니라고 믿게 된 악마들이 득실거린다. 나의 봉, 영화평론가 김봉석처럼. 봉의 외모를 간단히 정리하자면 이렇다. 승진 누락이 고질인 강력계 부패형사. 지저분한 콧수염 때문인가? 아, 나의 실수. 정리하지 말란 말이야. 정리되면, 한꺼번에 싹 다 죽는 거야. 알겠어?

장 자크 루소고 지랄이고 아무튼. F형과 나는 봉으로부터 정한심 양에 관한 충격적인 이야기를 듣게 되었다. 우리의 정한심 양이 여성지 연예부 기자를 때려치우고 《무장한 소녀를 위한 해방 저널》이라는 1인 제작 혁명잡지를 창간하기 위해 두문불출 중이라는 것이다. 아, 그래서 핸드폰이 내내 꺼져 있는 것이로구나,라고 F형과 나는 맹한 눈으로 동시에 끄덕였다. 《무장한 소녀를 위한 해방 저널》이라…… 뭔진 모르겠지만, 정한심과 참 한심하게 어울린다는 생각이 들었다. 장총을 옆에 메고 기러기 무리가 달을 스쳐 지나가는 가을의 지붕 위에서 트럼펫을 부는 소녀의 이미지가 떠오르는. ……저 소녀는 누구를 쏴 죽이고 싶은 것일까? 여성을 혐오하는 극우 파시스트들? 언젠가 술 취한 정한심 양은 내게 이런 말을 했더랬다.

　"우선적으로 적에게는 이념을 보여주는 게 아니라 공포를 안겨줘야 하는 거라고요. 날 건드리면 지옥의 뚜껑이 열린다는 공포. 일단 그럼, 뭐든 보람 있는 일을 시작할 수 있죠."

　사람들은 본질적으로 이념을 필요로 한다. 그런데. 그 이념들 중에 생명력이 있는 이념들이란 사실은 이념이라기보다는 '신학(神學)'에 가깝다. 더 심하게 말하자면, 아니 더 솔직하게 말해서, 이념의 외피를 두른 신학인 경우가 대부분인 것이다. 사실은 무신론자들만큼 철저한 유신론자들이 없다. 신이 없는데 뭐하러 신이 없다고 외치겠는가. 신이 없는 게 아니라, 신은 우리가 생각하는 신이 아닐 뿐이다. 신은 육박해오는 공포의 에너지를 공포의 형식으로 완화시켜주는, 거대하지만 보이지 않는 물음표인 것이다. 그런 인간의 조직이 바로 '인간들'이다, 사실은. 질이 낮은 사상도 전위를 매혹시키고 내부와 외부 전선의 헤게모니를 장악할 수 있다. 질이 낮은 사상이 질이 높은 사상보다 강하고 날쌘 전략을 가진 경우가 의외로 많기 때문이다. 질이 낮은 사상은 인간에게 직접적이고 구체적인 상처와 죽음을 준다. 그런데 사실, 인간은 그런 것들을 선호한다.

숨어 있는 그녀는 우선 '공포'를 준비하고 있는 것일까, 비로소 어떤 '보람 있는 일의 시작'을 도모하고 있는 것일까? 정한심 양은 《무장한 소녀를 위한 해방 저널》로 인한 정부당국의 조사와 탄압을 피해 다니고 있는 것일까? 그녀가 이루고자 하는 혁명의 진실은 대체 뭐란 말인가? 인생은, 특히 나의 주변은 이렇듯, 우주의 영원한 비밀 같은 수수께끼들로 가득하다. 하지만 어쩌겠어. 인간의 내면을 쓸데없이 파헤치는 작가로서 보증하건대, 지옥에서 살아도 내 월세고 천국에 불을 질러도 내 징역. 말이 길면 간첩이라지만, 만약 그렇다면 대한민국은 전 국민이 간첩인 국가다.

아닌 게 아니라, 봉은 마치 천사에게 보험사기를 당한 악마처럼 화가 나 있었다. 악을 추구하지만 악마를 만나고 싶지는 않은 그가 악마인 나와 함께 있어서가 아니었다. 〈무사 4대 문파와의 혈투〉〈활: 명궁 류백원〉〈사부: 영춘권 마스터〉의 중국 영화감독 서호봉(徐皓峰)이 한국에서 조명받지 못하고 있다는 불만 때문이었다. 봉은 영화평론계도 화단이나 문단처럼 폐쇄, 관료화돼버린 것을 경멸했다.

〈사부: 영춘권 마스터〉를 인터넷 포털사이트에서 다운받아 본 적이 있다. 과연 봉이 저렇게 애정을 품을 정도로 명작 중의 명작이었다. 감독이 1973년생이라는데, 이제껏 난 대체 뭔 헛짓거리로 인생을 낭비했나 하는 자책이 들 만큼. 무술의 느림이 얼마나 빠른 것인지 여실히 보여주는 것으로 보아 감독 스스로가 무술의 본령을 꿰뚫고 있는 고수임에 틀림없었다. 그렇지. 무술의 빠름이란 한낱 동작의 빠름에 달려 있는 것이 아니라, 동작의 절도와 정확성인 것이다. 상대의 개념 없는 동작조차 내 무공 안으로 빨아들여 아름다운 합을 이뤄 무찌르는 것, 그것이 참 무술이고 무도(武道)인 게지. 인생이라고 한들 뭐가 다를 것인가.

'영춘권(詠春拳)'이란 엄영춘이라는 여성의 이름에서 유래한 것으로서, 그러니까 다시 말해, 영춘권의 시조는 남자가 아니라 여자다. 이 무술은 동작이 간결 그 자체다. 적과 지저분하게 오래 겨루는 것이 아니라, 짧은 몇 동작으로 빠른 승부를 내버린다. 여인의 체력을 감안, 특화시킨 결과일 것이다. 무기술 역시 봉술과 도술(刀術) 두 가지로만 이루어져 있다.

명말 청초, 권법으로 유명한 복건성 남소림사는 쇠퇴하는 명나라 편에 가담한 탓에 수차례나 청나라 군사들로부터 지속적인 공격을 받아 사찰은 불타고 많은 승려들이 죽거나 도망쳤다. 그중 홍가권의 창시자 홍희관의 스승인 지선선사와 동기인 오매선사는 남쪽 지방의 한 절에 체류하다가, 두부장수 엄이와 그 딸 엄영춘을 만난다. 어느 날 영춘이 울고 있는 것을 목격한 오매선사가 까닭을 묻자, 영춘 왈, 마을의 불량배가 자신에게 제 아내가 될 것을 강요한다고 대답한다. 이 일을 계기로 오매선사는 영춘에게 권법을 가르쳐 스스로를 지킬 수 있도록 한 것이다. 시간이 촉박하므로, 오매선사는 가장 핵심적이고 간략한 기술들만을 뽑아 전수했고, 영춘은 그것으로 불량배를 물리친 뒤 양박주와 혼인한다. 학이 뱀을 제압하는 모습, 영춘권. 무뢰하고 찌질한 남성의 폭력 앞에 속수무책이던 한 소녀가 어느 날 무장한 소녀가 되어 자신을 옥죄어오는 어둠을 분쇄해버린 것이다. 나는 대단한 남자들이 시조인 무술들보다는 이러한 스토

리가 훨씬 더 감동적이어서 영춘권에 유독 관심을 가지게 되었고, 장량이 지은 《영춘권—영춘권의 기초와 소념두의 활용》까지 읽기에 이른다. 이 책은 영춘권을 단련함에 있어 근본이 되는 소념두(小念頭)를 기초로 타법과 방어법을 쉽게 기술하고 있다. 여기서 소념두라 함은 영춘권의 핵심 투로(套路), 즉 품세이다. 무장한 소녀, 엄영춘. 그리고 《무장한 소녀를 위한 해방 저널》이라는 1인 제작 혁명잡지를 창간하기 위해 사라진 우리의 정한심. 이런 식이라면 언젠가 '한심권(寒心拳)'이 창시될는지도 모르겠다. 무도란 항시 나의 주변에 어처구니없는 위험이 도사리고 있다는 사실을, 그 감각을 자각하고 사는 태도의 일환인 것이지.

나는 봉에게 진심으로 말했다.

"형에게 항상 하는 말이지만, 봉 너는 내 말을 가슴으로 듣지 않아."

봉이 F형에게 위스키를 따라주면서 대답했다.

"그렇지 않아. 나는 항상 너의 말을 가슴으로 듣고 있어. 다만 내 가슴이 너무 광활해서 네 말이 한번 들어오면 잘 찾을 수가 없을 뿐이지."

내가 봉에게 다시 말했다.

"나 하나 죽으면 다 편해진다고 생각하는 거야? 내가 죽었으면 좋겠어? 응?"

"세상이 이 지경인 건 너 하나 때문이 아냐. 너 같은 애가 많아서이지."

나는 수사학이란 참 더러운 영역이라는 생각을 했다. 저런 때깔 좋은 비아냥거림도 그러하려니와 가령, "너의 피가 붉은 것은 너의 피에 강철(철분)이 스미어 있어서이다"라는 식의 '아재 문장'. 언젠가 내가 술에 취해 어떤 여자한테 날렸던 회심의 멘트다. 물론 그녀는 나를 떠났다.

인간이 좌초되지 않으려면 스스로를 바라보며 살아갈 필요가 있는데, 그럴 수 있는 좋은 방법이 있다. 자신을 제 인생이라는 연극의 배우로 설정하고 감각하면서 하루하루 매순간을 살아가는 것이다. 이것은 실존적으로나 심리적으로나 과학적으로나 매우 옳은 행동이다. 이러면 인간은 자신 안에 갇히지 않으면서 제 삶을 즐길 수 있다. 반면 자신 안에 갇혀버린 사람은 온갖 고통 속에 허우적거리거나, 죽게 된다. 인생은 자신 안에 갇혀 사형수로 살 만큼 대단한 의미가 있지 않다. 이것은 우울하게 확 죽어버리기 위한 아이디어가 아니라, 그 어떤 경우에도, 제 삶을 끝까지 나름 보람 있게 공연한 뒤 사라지기 위한 지혜다. 정교한 허무주의는 아름답다. 잃어버린 사랑이 괴로워서 하는 소리다.

《무장한 소녀를 위한 해방 저널》이라니까, 1969년 '총에 의한 섬멸전'과 '세계혁명'을 내걸고 등장했던 일본 적군파(赤軍派) 얘기를 아니 하고 넘어갈 수가 없겠다. 1960~70년대 일본의 대학가는 자못 살벌했다. 헬멧과 쇠파이프, 칼과 사제 총, 폭탄, 경찰서 습격 등등은 일종의 스타일을 형성했다. 1972년 2월 적군파와 또 다른 극좌단체인 혁명좌파가 뭉쳐 만든 '연합적군' 조직원 13인은 당시 관광개발지이던 가루이자와 지역의 아사미 산장을 점거하고 열흘간 경찰과 극렬 대치하면서 총격전을 벌여 경찰 두 명과 시민 한 명이 사망했다. 결국 경찰에 의해 진압돼 끌려나오면서도 당당하게 세상을 쏘아보는 이들에게 일본 기성질서에 숨 막혀 하던 당대의 신세대들은 열광했다. 그러나 일주일 후, 아사미 산장 부근에서 연합적군 조직원 야마다 다카시의 시신이 발견되었다. 처음에는 경찰의 프락치로 오인한 동료들끼리의 우발적인 숙청극인 줄로만 알았으나 살해당한 시체는 열한 구가 더 나왔다. 연합적군의 신비는 졸지에 혐오로 뒤바뀌어 일본열도를 발칵 뒤집어놓았다. 저들은 뿔 달린 도깨비가 아니었다. 양호한 중산층 집안에서 자라난 명문대 수재들이었다. 내가 늘 술자리에서 하는 얘기지만, 인간에게는 자기애를 가르쳐야 한다. 이기적이라야 이념에 조종당하는 '사탄의 인형'이 되지 않을 수 있는 법이다.

본시 나는 타인에 대한 연민을 바탕으로 말하고 행동하는 사람 절대 안 믿는다. 자신의 자유를 바탕으로 말하고 행동하는 사람만 믿는다. 두고 보면 결국, 전자는 애초부터 아니었거나 변질되고, 후자가 정말로 타인을 (가능한 만큼 최대한) 자신처럼 대하는 것을 잘 알 수 있다. 그 어떤 좋은 동기에서 비롯된 사상일지라도 지옥을 실현할 수 있다. 그리고 그 실현자의 대부분은 위선자를 거쳐 멀쩡한 광인에 다다른다. 악보다 더 악한 게 위선이다. 위악의 전문가인 나는 한낱 귀염둥이인가? 자유인으로 살아가려면 그 하나를 지키기 위해 남들이 당연히 가지고 있는 여러 가지를 포기해야 하고 또 자신과의 몇 가지 중요한 약속들을 엄수해야 한다. 만약 그러지 않으면 그는 자신이 상상할 수 없었던 최악의 노예가 되고 만다. 무식한 자들의 전형적인 특징은 진실과 진리를 말해주면 화를 낸다는 것이다. 자신의 소박한 노동을 가지고 있지 않는 사람과는 상종을 하지 마라. 그는 자신을 확인시키려고 분란과 분쟁을 일삼을 테니.

일본 적군파는 완고한 일본 사회가 자신들을 받아들여주지 않자, 일부는 해외에 혁명 기지를 건설하겠다고 중동으로 건너가 PLO게릴라들과 합세해 텔아비브 공항 총기난사 사건을 저지르기도 했다. 이들은 남북한과도 인연이 있다. 1970년 3월 31일 일본 적군파는 하네다 공항을 출발하여 후쿠오카로 향하던 일본항공 요도호를 납치했다. 주모자 다미야 다카마로 등 9인의 범인들은 애초에는 카스트로 정권이 있는 쿠바행을 계획하였으나, 김포공항에 비상착륙하여 탑승객 전원을 석방하는 대신 야마무라 신지로 운수성 정무차관을 인질로 잡고 북한으로 넘어갔다. 후일 범인들 중 1인은 1988년 일본에 잠입하여 활동하다가 체포돼 형기를 마치고 석방되었으며, 또 다른 1인은 2000년 6월 태국에서 달러를 위조하다가 걸려 일본에서 징역 5년을 선고받았다. 그 나머지 4인은 북한에 남았는데, 중동으로 갔던 일본 적군파들은 어쨌든 맘껏 총질이라도 해보고 죽었지, 얘들은 북한의 개무시와 군기 아래서 납작 찌그러져 살아야 했다. 어버이 수령님 품을 너무 물렁하게 봤던 거였겠지. 지금은 고향을 그리워하고 있다는 이 멍청한 자들의 나이가 일흔 살이 넘었다. 가여운 영혼들. 조선민주주의인민공화국이 얼마나 골 잡는 유일신 신정 파시즘 국가라는 것도 모르고. 부주의. 그렇다. '부주의'만큼 인생에서 위험한 것은 없다.

아산 현충사에 혼자 놀러 간 적이 있다. 화창한 가을날이었다. 늙은 것이나 젊은 것이나 가장 충무공스럽지 않은 놈들이 이순신 장군님 오방 팔아먹고 사는 세상이라지만, 나는 충무공 이순신 장군님 영정 앞에 우두커니 서서 아무것도 고자질하지 않았다. 들으시면 뭐하겠어. 심기만 불편해지실 게 뻔하지.

현충사 경내의 충의문(忠義門) 계단을 걸어 내려오는 임신한 아내와 남편이 있었다. 이렇다 할 행인이 없어, 그 둘이 나누는 대화가 선명했다.

남편이 말했다.

"아이를 위해 뭐라고 기도했어?"

임신한 아내가 말했다.

"저분처럼 나라를 구하는 큰 인물이 되게 해달라고."

그러자, 남편이 진지한 목소리로 낮게 말했다.

"미쳤어? 그럼 고문이나 당하고 죽는데?"

임신한 아내는 멍해지는 것 같았다.

"……그러네. 그럼 취소."

알았는가? 이게 인간이다. 혁명은 무슨 얼어 죽을 혁명. 그래서 데라야마 슈지가《책을 버리고 거리로 나가자》에서, "월광가면이나 소년탐정단은 베트남 전쟁과 같은 국제적 사건에는 출동할 수가 없다. 정의와 악이 복잡하게 교차하는 그곳에서는 서로가 다들 정의를 내세우고 있기 때문에 그 전쟁에 참가하려는 이는 스스로 '정의'를 선택해야만 한다. 그런데 월광가면 아저씨나 소년탐정단은 주어진 정의를 위해서 움직여왔을 뿐, 스스로 이를 판단할 수 있는 '정의관' 따위는 애초부터 가지고 있지 않았다. 정의를 위해서 싸우려거든 스스로 정의를 창조하라는 것이 월광가면에게 가장 먼저 요구하고 싶은 것이다. 손수 정의를 만든다는 것은 손수 법을 만든다는 말이며, 그것을 관리하는 단위로서 '또 하나의 국가' 또한 만들어야 할 것이다. 네차예프는 《혁명가의 교리문답》의 〈혁명을 위한 행동강령〉에서 자신의 '혁명가 문답'을 하나의 법으로 정하고 그 정의의 이름에 따라 동지들을 총살했다. 연합군들도 그들의 법과 정의로 동지들을 인민재판에 회부하고 처형했다. 그것은 아직 공인되지 않은 법이었기 때문에 실정법에서는 범죄로 취급되었는데, 만약 '정의의 사도'인 월광가면이 그들의 입장이었다면 과연 어떻게 행동했을까?"라는 질문을 우리에게 던지고 있는 것이다.

이 질문을 내 식으로 쉽게 요약하자면 이런 것이다.

—슈퍼맨은 왜 이 사회를 지키기만 하고 이 사회의 불의와 모순을 혁명하지는 않는가?

그 신에 비견될 만한 힘을 가지고서도 말이다. 모르긴 몰라도 요즘 충무공 이순신 장군님 팔아먹고 사는 놈들이 가장 잘 알고 있을 것이다.

봉이 다음과 같은 말로 더러운 수사학의 끝을 보여줬다.

"인간이 동물이라는 걸 믿으면 인간에 대한 괴로운 질문들이 대부분 사라지거든."

진짜 악마고 가짜 악마이고를 떠나서, 사실, 진정한 대마왕은 따로 계시다. 다름 아닌 시인이자 건축가인 함성호 씨다. 한번은 그가 박찬욱 감독의 영화 〈올드 보이〉를 지나치다 싶게 혹평하는 거였다. 내용 자체가 말이 안 되는 영화라고, 주인공의 복수심이 전혀 이해가 가지 않는다고 투덜거리면서. 내가 이유를 묻자 성호 형 왈,

"방에 감금시켜놓고. 만두 주고. 채널 많은 TV 주고. 이발시켜주고. 그러는데. 거기서 왜 나와?"

아아. 이 정도 쓰레기라야 비로소, 대마왕님인 것이다.

'철의 장막의 바울'이라고 불렸던 리처드 범브란트 목사는 루마니아의 공산 치하에서 14년간의 참혹한 감옥 생활을 치러냈다. 그의 저서 《하나님의 지하운동》 안에는 이런 짧은 이야기가 나온다.

부활절이었다. 리처드 범브란트와 같은 감방을 쓰고 있는, 과

거 민중을 탄압하는 '철의 근위대원'이었던 가펜큐라는 죄수가 외부로부터 몰래 종이에 싸여진 무언가를 선물 받는다. 가펜큐가 종이를 풀자 반짝거리는 흰 물체 두 덩이가 나타났다. 설탕이었다. 그들 가운데 누구도 지난 몇 년 동안 설탕 조각을 구경해본 적이 없었다. 온갖 고초를 견뎌내고 있는 그 감방 안의 모든 몸뚱어리들은 그것을 갈망하고 있었다. 가펜큐는 설탕을 다시 종이로 쌌다. 그리고 이렇게 말했다.

"나는 아직 이것을 먹지 않겠네. 다른 사람이 나보다 더 악화될지도 모르잖나?"

그는 그 귀한 것을 자신의 침대 곁에 놔두었으나, 아무도 그것은 훔치지 않았다. 며칠 뒤 리처드 범브란트가 열이 몹시 오르며 앓기 시작했다.

"선물입니다."

가펜큐는 리처드 범브란트에게 종이에 싸인 설탕 뭉치를 내밀었다.

그러나 리처드 범브란트는 그다음 날이라도 자신보다 그것이 더 필요한 사람이 있을까 하여 손도 대지 않고 머리맡에 두었다. 이후로 2년 동안 그 부활절 선물은 그 감방 안에 있는 위독한 사람의 손에서 또 다른 위독한 사람의 손으로 옮겨 다닐 뿐 아무도 자신을 위해 그것을 입에 대지 않았다. 다른 감방들과는 달리, 그 감방 제4호실에서 죽어나간 사람은 없었다.

저 하얀 설탕의 정체는 그리스도였을까, 아님 해피 붓다였을까? 암흑물질은 때로 그렇게 인간에게 설탕으로도 나타난다. 내가 믿는 혁명이란 가령 이런 것일 뿐이다.

리처드 범브란트 목사는 1909년생인데 그 지옥을 관통하고 나서도 2001년도에 죽었다. 참고로, 칭기즈칸은 육십대 중반에 죽었다. 진시황은 49세 내지는 50세에 죽었다고 한다. 불로초를 구하던 그의 사인은 수은중독이었다. 수은을 먹으면 죽지 않는다고 믿었던 것이다. 이오시프 스탈린은 독살당한 것으로 보이는데, 뇌일혈을 가장한 와파린 중독이었다. 와파린은, 쥐약이다.

'몽유병의 여인'을 나온 영화평론가 김봉석과 나는 썰렁한 홍대 앞 밤거리 한가운데서 별다른 인사말도 없이 헤어졌다. 얼른 뒤돌아서는 것은 내 오랜 습관이다. 누군가의 뒷모습을 바라본다는 게 왜인지 나는 늘 어색하다. 나는 줄지어 서 있는 택시들을 멀쩡히 지나쳐 홀로 길을 걷고 또 걸었다.

봉. 진짜 악마, 봉. 나는 그가 어디엔가 아래와 같은 문장을 적어놓은 걸 우연히 읽은 기억이 났다.

—후일 아무도 내가 죽은 것을 슬퍼하지 않을 때가 되면, 죽음을 선택할 거다. 그러기 위해서 철두철미한 악인이 되거나 그림자가 되어야 할 텐데, 아직은 아니다. 더 가야 한다. 악당은 사람들의 미움과 두려움을 먹고 산다. 그 미움과 두려움이 혐오로 전환될 때 악당은 더 이상 악당이 아니라 양아치인 것이다. 악당은 자신을 사람들이 얼마나 어마어마하게 재수 없어 하는지 모르게 될 때 기필코 망한다. 증오하는 자들과 전쟁을 치러야 하는 자는 행복하다. 사랑하는 자들과 전쟁을 치러야 하는 자는 비장하다. 무지한 자들과 전쟁을 치러야 하는 자는 치유되기 힘든 인간혐오를 앓게 될 것이다. 미워하지 마라. 미워하면, 그 미운 자가, 너의 곁에 있게 된다.

아아, 봉. 이렇게 단호하게 쓸쓸한 자가 어찌 나의 진짜 악마가 아닐 수 있겠는가. 내가 어찌 그의 그림자가 되지 않을 수 있겠는가. 모든 사랑이란 결국 나의 너를 위해 마음을 강하게 가지는 것인가보다. 루마니아 공산치하의 지옥 같은 감옥 안에서도 서로에게 설탕을 양보하던 그 고문으로 만신창이가 된 죄수들처럼 말이다.

악마 같은 한 인간이 인생의 어느 순간 문득 아무것도 아닌 것에서, 자신도 이해할 수 없는 어떤 슬픔에 홀로 깊이 젖게 되는 것을 나는 상상한다. 그리고 그 슬픔이 안개 걷히듯 이내 증발하고 나면, 그는 다시 악마 같은 인간으로 되돌아간다. 이것은 아무도 알지 못하는 그의 영원한 비밀일 것이다. 어쩌면 그조차도 경험할 뿐 곧바로 망각해버리고 마는 비밀 아닌 비밀. 내 시와 소설과 희곡과 시나리오 속의 모든 인간들은, 설혹 그가 천사의 말을 하는 성자(聖者)일지라도, 모두 이러한 과정을 거치게 된다. 악마 같은 인간이 아니라, 악마일지라도.

이제껏 내가 읽은 가장 멋진 '저자의 말'은 블라디미르 일리치 레닌의 《국가와 혁명》 초판 후기다. 그는 거기에 이러한 한 대목을 적어넣었다.

─이 글의 2부("1905년과 1917년의 러시아 혁명의 경험"을 다룰)는 아마도 오랫동안 보류해야 할 것 같다. '혁명의 경험'을 쌓는 것이 그것에 대해 쓰는 것보다 더 즐겁고 유익한 일이기 때문이다.

그렇다. 지금의 나도 마찬가지다, 레닌이여. 하나님도 지하운동을 해야만 하는 세상이여. 책을 쓰는 것보다 내게 중요한 것은, 내가 내 인생을 혁명하는 것이다. 나는 그런 생각에 이르며 걷고 있었다.

사실 그날 밤 내가 술자리 내내 기분이 좀 우울했던 것은(물론 F형은 나더러 내가 기분이 별로가 아닌 적이 별로 없다고 지적질했지만), 평소 나를 위한다는 이들 가운데 서넛이 며칠 상간으로 마치 약속이나 한 듯 내게 짜증 돋우는 소릴 늘어놨기 때문이었다. 면전에서야 그냥 무시하는 척 넘어갔으나, 나는 나의 현재를 무시하는 것은 애써 참을 수 있어도 꿈꾸는 나의 앞날을 무시하는 짓은 절대로 용서할 수가 없다. 그건 나더러 죽으라는 소리나 마찬가지인 까닭이다. 그들은 자신들이 주제넘었다는 사실을 죽기 직전까진 깨닫게 될까?

타인에게 이런 말을 쉽게 하는 부류들이 있다.

"너는 안 돼. 그건 아무나 할 수 있는 일이 아니거든. 포기해."

그런 사람들을 가만 들여다보면, 저것과 똑같은 말을 스스로에게도 일삼으며 살아가고 있는 자들임을 알게 된다.

소설 취재차 앵벌이들의 포주를 인터뷰한 적이 있다. 나는 앵벌이들이 감시당하는 것도 사슬에 묶여 있는 것도 아닌데 포주의 영역에서 도망치지 않는(못한)다는 포주의 심드렁한 증언에 당시 정말이지 엄청난 충격을 먹었더랬다. 내가 그 기생오라비 좆같이 생긴 포주 놈에게 물었다.

"걔들이 왜 당신으로부터 도망치지 못한(않는)다고 생각하나요?"

한동안 두 눈을 끔뻑이며 제 일생에서 최초로 진지한 생각에 잠겨 있던 포주가 이윽고 대답했다.

"……모르겠는데."

뭐, 이유야 여러 가지가 있을 수 있겠지.

그러나 분명한 것은, 내가 포주의 노예들이 떠드는 개소리에 흔들릴 리가 없다는 사실이다. 바로 이게, 꿈꾸는 나의 앞날을 무시하는 자들에게 전하고픈 나의 과학이다. 인생을 살다 보면, 이게 네 운명이라고 말해주는 분들을 종종 만나게 된다. 확률적으로, 다 개새끼다.

근자에 불의의 화재로 인해 아코디언이 전소돼버렸다는 아코디어니스트 심성락 옹의 연주 〈나는 순수한가〉를 무한반복해서 들으며 계속 그렇게 하염없이 배회하던 끝에 문득 나는 어딘지도 모르겠는 거대한 아파트 단지 앞에 덩그러니 서 있었다. 타고난 길치라서, 나는 이런 경우 적잖이 당황하는 편이다. 입에 물려다가 떨어뜨린 담배를 주워 다시 허리를 펴는 순간, 나는 그만 그 자리에서 화들짝 얼어붙어버리고 말았다. 길을 잃어서가 아니었다. 방금 전까지 내 눈앞에 버티고 서 있던 아파트 단지 전체가 감쪽같이 사라져 있었기 때문이다. 나는 바람 부는 강가에 혼자 서 있었다. 나는 반사적으로 암흑물질을 떠올렸다. 평소에는 전혀 보이지 않다가 갑자기 제멋대로 인간 앞에 출현

한다는 그 암흑물질.

그런데 정신을 똑바로 차리려 노력할수록 그건 아닌 것 같았다. 나는 누군가 내 앞에 존재한다는 것을 똑똑히 느끼고 있었다. 그것은 가령, 일종의 '기척'이자 '기적'이었다.

"누구요?"

"……."

그 누군가는 무슨 말을 하고 있기는 한 것 같은데, 어떤 설명할 수 없는 경로로 인해 들리지 않았다. 그저 분명히 존재하되 침묵으로 존재할 뿐이었다.

"정한심?"

아니었다. ……그렇다면 혹시…… 해피 붓다?

"……당신이십니까? ……네?"

해피 붓다, 그분도 아니었다.

그리고 잠시 뒤. 나는 이 기척이자 기적이 무척 낯익은 것임을 알 수 있었다.

"……토토. 너구나."

나는 눈물이 가득 차올랐다. 내 앞에 나타나 나를 둘러싸고 있는 그 존재는, 불과 두 달 전 내 품안에서 무지개다리를 건너간 내 아들 토토였다. 16년간 나를 지켜주고 위로해주던 내 강아지 토토였다.

"토토. ……보고 싶어."

바람이 불어왔다. 그 바람은 자기도 보고 싶다고 말해주었다.

"아빠는 잘 있다. 너는 잘 있는 거야?"

바람은 내 볼을 어루만지며 자기도 잘 있다고 말하고 있었다.

나는 눈물이 더욱 솟구쳐 참을 수가 없었다. 바람은 왜 우느냐고, 울지 말라고 말하고 있었다.

"세상 사람들이 말이야, 토토. 서로 다 죽이려고 사는 거 같아."

바람은 내게 외로워하지 말라고 말했다.

"아빠가. 너무 취했다. 미안."

바람은 미안해하지 말라고 말했다.

"……아빠는 여기서 꼭 해내야만 하는 일들이 아직 몇 가지 남아 있어."

나는 너무 가슴이 아파서, 눈물이 계속 터져나와서, 더는 말을 잇지 못하고, 그저 마음속으로 기도하듯, 만약 그것들이 뜻 깊은 일들이라면 그 어떤 어려움 속에서도 반드시 이룰 수 있게 도와다오, 그렇게 말하고 있었다.

바람은 고개를 끄덕였다.

"……사랑한다, 토토."

바람은 자기도 사랑한다고 말해주었다.

나는 네가 있을 곳에 나도 있을 자격이 없다는 것이 두렵지만, 정말 그게 두렵지만.

"다시 만나자, 토토."

그렇게 말했다.

바람은 언젠가 꼭 그럴 거라고. 그땐 자기가 가장 먼저 달려나와 나를 맞이할 거라고 말했다.

"널 잊지 않을게. 너도 날 잊지 마. 알았지?"

나는 그 자리에서 눈물에 흠뻑 젖은 얼굴을 양손으로 가리며 주저앉았고, 바람은 내 온몸을 감싸 안아주고 있었다.

피리 부는 우주소년과
세상에서 가장 귀한 양초

사람들이 왜 자꾸 그때가 그립다느니, 그 시절이 좋았다느니, 그러는지 아는가? 그건, 그때와 그 시절도 어렵고 지금과 이 시대도 어렵기 때문이다. 그러니 지나간 게 더 낫지. 졸면서 벤치에 앉아 있는데. 웬 백발 할머니께서 다가오셔서는, 교회 나와 예수 믿고 구원 받으라며 전도하고 가셨다. 나는 속으로 할머니께 이렇게 말씀드렸다.

'아이고, 할머니. 저 모르시겠어요? 저 사탄이에요.'

아까. 전화통화에서. 시인이자 건축가인 함성호 형이 명언을 남겼다.

"원래부터 사람들은 실재하는 것보다 허깨비를 좋아해."

그래, 그런 거지. 어쩌면 빤한 소리. 그러나, 무서운 진리. 삶이 비극 같기도 하고 코미디 같기도 하다. 그러나 분명한 것은 내가 슬픈 코미디언이라는 사실이다. 내 웃는 얼굴은 '눈물이 마른 자국'이다.

"이곳에 그대와 나 이외에 공범은 없소. 그대는 압제자, 나는 해방자요."

스페인 장군 호세 안토니오 데 아레체에게 이러한 말을 남기고 죽은 이는 페루 케추아 족의 지도자 투팍 아마루 2세다. 잉카 황족의 마지막 일원 투팍 아마루의 손자인 그는 착취와 학살을 자행하는 스페인에 대한 원주민들의 항쟁을 이끌었다. 이곳에 그대와 나 외에 공범은 없소. 그대는 압제자, 나는 해방자요…… 참으로 이상한 소리가 아닐 수 없다. 압제자와 해방자가 '공범'이라니. 해방자가 압제자에게 저런 식으로 말하다니. 그러나 때로는 파란 안개와도 같은 말이 시적 환기를 불러일으키며 새로운 의미의 빛을 던져주는 경우가 종종 있다. 눈에 보이고 귀에 들리는 것만이 세상의 전부가 아닌 것이다. 귀에 들리고 눈에 보이는 것만이 세상의 전부가 아니듯이. 실존이 본질에 선행한다면, 존재의 이면에 존재의 참 모습은 숨어 있다. 가르침과 깨달음도 마찬가지다. 가령, 사람들은 《대학》이 불경(佛經)이 아닌 줄 안다. 천만에. 《대학》은 엄연한 불경이다. 그것도 아주 깊고 지독한 부처님의 말씀.《대학》은 무서운 책이다.《맹자》보다 백 배는 무서운 책이다.《대학》은 옳은 듯하나, 그 옳은 것을 통해 오로지 자기밖에는 없는 책이다. 불가능을 가능하게 만드는 과정에서 권력의 변화를 소유하고 싶은 자에게는 가장 유용할, '반동적인 혁명서'인 것이다. 무자비하다. 큰 도덕은 자고로 무자비하다.《대학》에 비한다면《맹자》는 순진하기 짝이 없는, 차돌 같은 소년가장과도 같다.《대학》은 짐승에게 성인(聖人)의 옷을 입혀 왕으로 만들려는 책이다. 그것이 바로 제왕학의 교본이라는《대학》의 요체다. 그리고 그 왕은 애써 용기를 내어 안으로 쑥 들어가 쭉 살펴보면, 화들짝 '거대한 짐승'이다.《대학》은 '뿔 달린 수도승'인 것이다. ……이곳에 그대와 나 외에 공범은 없소…… 그대는 압제자, 나는 해방자요. ……참으로 이상한 소리, 참으로 이상한 인간 세계가 아닐 수 없다.

아주 오래된 임대 아파트들이 몰려 있는 우리 동네에는 몸과 정신이 불편하신 분들이 많이 계시다. 나로서는 그것을 부정적이거나 불편하게 생각한 적이 전혀 없는데, 그로 인해 교육 환경이 열악하다는 평가를 받는 탓에 부동산 가격이 오르지 않아 짜증을 내는 일반 아파트 주민들이 꽤 되시는 모양이다. 막말로 무슨 강남처럼 대단히 잘사는 동네도 아니면서, 탈북 청소년들을 위한 교육기관 유치 반대를 외치는 시뻘건 플래카드들이 여기저기 버젓이 걸려 있는 것을 퀭하게 바라보고 있노라면, 대체 훗날 남북통일 이후에는 어쩌려는 것인지 하는 걱정 이전에, 정말이지 겉으로는 멀쩡해 보이는 사람들의 고린내 나는 욕심과 이기심에 대한 환멸이 단전 저 밑에서부터 지긋지긋하게 치밀어오른다. 그러거나 말거나 지옥에 살아도 내 월세고 천국에 불을 질러도 내 징역, 나는 나의 동네를 사랑한다.

4년 전쯤의 늦봄. 성호 형과 우리 동네를 나란히 걷는데, 오십대 초반 정도로 가늠되는 한 아저씨가 털외투에 맨발 바람으로 초등학교 앞 문방구에서나 파는 검은 플라스틱 피리를 입에 문 채 아르놀트 쇤베르크의 무조음 곡을 능가하는 전위음악을 연주하고 있었다.

성호 형이 내게 말했다.

"이 동네에 선지자가 계시는구나."

"우리 동네 특이한 분 7인 가운데 한 분이시지."

"그렇게 많으셔?"

"여기가 좀 신성한 땅이라서 그래."

"알아 모시기도 힘들겠다, 야."

"아냐. 쉬워."

"그래?"

"내가 그 7인 중에 한 분이거든."

"……."

아무튼. 나는 그 선지자 아저씨를 선지자 아저씨가 아니라 '우주소년'이라고 (물론 나 혼자 속으로만) 부르는데, 백 번을 양보해 우주 아저씨 정도로 부르지 않고 우주소년이라고 (물론 나 혼자 속으로만) 부르는 까닭은, 아무도 해치지 않을 것 같은 착한 느낌에 어디선가 갑자기 나타나 이런 말을 곧잘 걸어오기 때문이다.

"죄송해요. 제가 머리가 아파서 죄송해요. 우주의 목소리가 들려서요. 죄송해요."

머리가 아파서 죄송하다? 우주의 목소리가 들려? 살다 보면. 남이 내 말을 대신해주는 경우가 가끔 있다. 비록 우주의 목소리까지는 듣지 못해도.

머리가 아파서 우주의 목소리를 듣는 우주소년을 내가 그날 처음 본 것은 아니다. 고등학교 동창 중에 한 녀석은 방언으로 기도하는 홀어머니와 아홉 명의 이모들에 둘러싸여 괴롭힘을 당하다가 아예 머리가 돌아버렸는데, 과장이 아니라 한번 생각해보라, 홀어머니와 아홉 명의 이모들이 한국말로 잔소리를 늘

어눠도 돌아버리겠는 마당에, 홀어머니와 아홉 명의 이모들이 전혀 알아듣지 못하겠는 천사의 말로 잔소리를 늘어놓으면 과연 안 돌아버릴 도리가 있겠는가 말이다. 바야흐로 젊은 조용기 목사가 전 세계를 순방하며 이적 기사를 부리고 CBS가 전두환 정권에게 탄압받던 5공 치세였다. 결국 녀석은 신학대학교에 입학할 수밖에 없었고, 십 년 전쯤인가 우연히 마주쳤더니 아이쿠, 룸살롱 주인이 되어 있었다. 그런데 참 희한했던 것은, 하나님의 종이었던 녀석의 얼굴보다는 환락가의 시민인 녀석의 얼굴이 훨씬 더 평안해 보였다는 사실이다. 믿거나 말거나, 말이거나 염소거나. 음메에에—.

아무튼. 그때 나는 우주소년에게 이렇게 대답했다.

"아닙니다. 저도 죄송합니다."

그러자 나의 우주소년은 나를 물끄러미 쳐다보더니 이내 꾸벅 고개를 숙여 인사를 하고는 다시 피리를 불며 저 멀리로 총총히 걸어 사라지는 것이었다. 광야의 세례 요한과도 같은, 과연 선지자의 위용이 아닐 수 없다.

지난여름이었다. 우주소년이 한 해가 넘도록 눈에 띄지를 않아, 혹시라도 머리가 아픈 것이 심해져 죽어버린 것은 아닐까 걱정이던 차에, 신한은행 앞에서 전동휠체어에 앉아 있는 그를 보게 되었다. 뭔가 낯설다 했더니 왼쪽 다리가 무릎 부근까지 잘려나가 있었다. 나는 슬펐지만, 멍하니 빵집 쪽을 바라보는 우주소년을 뒤로한 채 내 갈 길로 갔다. 우리가 인생을 살면서 모든 것을 다 알 수는 없다. 어떤 알 수 없는 힘에 이끌려 우주의 비밀 속으로 각자 빨려들어갈 뿐.

나는 '몽유병의 여인'의 바 테이블에 앉아 근심에 젖어 있었다. 전날 밤 영화평론가 김봉석과 술을 마시다가, 손으로 노트에 쓴 초고가 들어 있는 가방을 잃어버렸기 때문이다. 봉과 함께 '몽유병의 여인'을 나와 홍대 앞에서 양주를 더 마시다가 잘 들고 택시를 탄 것까지는 내 기억으로나 봉의 증언으로나 확실한 것 같은데, 그 이후로는 그만 필름이 끊겨버렸던 것이다. M 출판사가 부탁한 원고의 그 초고는 무라카미 하루키가 노벨 문학상을 받을 경우 그의 장편소설 《노르웨이의 숲》의 홍보에 쓰일 일종의 서평 비슷한 것이었다. 그걸 처음부터 다시 써야 한다는 생각을 하니. 눈앞이 캄캄했다.

홍대 미대에 재학 중인 '몽유병의 여인'의 아르바이트생 J양이 양초를 켰다.

"세상에서 가장 귀한 양초예요. 제가 직접 만든 거예요. 세상에서 가장 향기로운 양초."

J양은 요즘 스무 살 차이가 나는 남자친구와의 연애가 고민이 많은 모양이다. 그리고 사랑과 결혼에 대하여 자꾸만 물어온다. 사랑에 대해서라면 실패의 전문가인 나에게.

　나는 J양이 좋은 예술가가 될 거라고 생각하진 않는다. 그녀는 예술가가 되기에는 너무 안정적인 측면이 있다. 그리고 내가 이렇게 편하게 말하는 것은 예술가라는 것이 그리 좋은 직업이라고 생각하지 않기 때문이다. 만약 누군가 내게 다가와 작가가 되고 싶다고 조언을 구한다면, 나는 우선 그에게 작가가 되지 않기를 권할 것이요, 그래도 꼭 되겠다면 나 같은 작가는 되지 말라고 부탁할 것이다. J양은 피카소의 그림을 좋아하지만 정작 피카소의 인간적인 측면에 대해서는 잘 모르는 것 같았다.

　피카소는 한 여인과 결혼이나 동거 생활을 하면서도 계속 다른 여자들과 바람을 피웠다. 피카소의 사랑이 명백한 욕정이었다는 것은 그에 관한 모든 전기 작가들의 중론이다. 피카소는 찰리 채플린의 영화를 감상하고 돌아와서는 다음과 같이 경멸했다고 한다.

　"그렇게 남을 위해 사는 것 따위는 어리석은 거야. 그저 천하고 진부한 로맨티시즘일 뿐이지."

　파블로 피카소는 대범하고 호쾌한 화풍과는 달리 중증 신경쇠약에 매우 겁 많은 위인으로서 미신에 도취했다. 그의 미신에 대한 찌질한 의존은 일곱 명의 아내가 바뀔 적마다 그녀들 나라의 미신이 보태어지면서 더욱 가관이 되었다. 가령, 집에 돌아와 모자를 획— 날렸을 때 그것이 늘 있던 곳에서 벗어나 떨어지면 곧장 지랄발광을 떨어댔다. 또 가령. 빵을 납작한 쪽이 아니라 둥글게 부풀어오른 쪽을 아래로 뒤집어 불안정하게 두었다. 바르게 놓으면 불행이 찾아온다고 믿었기 때문이었다. 또, 또, 가령. 피크닉을 갈 때는 온 가족이 한 방에 모여 일 분 동안 입을 꾹 다물고 있어야 했다. 안 그러면 야외에서 사고가 난다고. 말이 쉬워 일 분간 침묵이지, 어린아이들한테 그건 참기 힘든 지옥일 것이다. 하지만 피카소는 누구라도 소리를 내거나 웃으면 가족들 모두를 처음부터 다시 침묵하게 했다. 하여간 이런 식으로 피카소는 뭐든 재수가 없다고 판단되면 괴벽을 부렸다. 현대미술의 제왕이 되었으니, 한 인간으로서는 잘 모르겠으되 한 예술가로서만큼은 능력과 노력을 떠나 운수가 대통했다고 봐도 무방할 것이다. 그렇다면 그의 미신은 성공한 미신인가? 사실 예술을 한다는 것은 일종의 미신을 받드는 일과도 비슷하고 예술가는 일종의 샤먼 같은 측면이 분명히 있다. 나의 우주소년이 우주의 목소리를 듣고 머리가 아파 쇤베르크의 무조음곡을 넘어서는 전위음악을 초등학교 앞 문방구에서 파는 검은 플라스틱 피리로 불어대는 것처럼. 그렇다면. 우주소년은 왜 우주의 목소리를 듣게 되었을까? 왜 미쳐버린 것일까?

J양이 말했다.

"나, 결혼하는 거 어떻게 생각해요?"

"결혼하고 싶어?"

"그냥. 어떨까 싶어서."

"남의 얘기하듯 하네?"

"남이랑 하는 결혼이니까, 반은 남의 얘기 맞지 뭐."

"……거참. 묘하게 말 되네."

허니문이라는 말은 고대 게르만인들이 신혼 일 개월 동안 꿀로 만든 술을 마셔 정력을 강하게 하는 습관에서 유래했다고는 하나, 옥스퍼드 사전에 있는 허니문에 대한 설명은 꽤나 냉소적이다.

—허니문의 문은 우주에 떠 있는 달로서 꿀의 달콤함도 한때이며, 부부간의 애정은 점점 식어간다는 사실을 달에 비유한 것이다.

내가 말했다.

"로미오와 줄리엣이 자기들 뜻대로 결혼했으면 필경 서로 원수가 돼서 이혼했을 거야. 둘 중의 하나가 다른 하나를 자살로 위장해 살해했을 수도 있겠지. 새로 생긴 애인과 짜고."

어느새 나는 사랑과 결혼에 대한 부정적인 이야기들을 어떤 알 수 없는 힘에 이끌려 J양에게 들려주고 있었다. 아돌프 히틀러는 결혼이 건강한 인종의 증가 및 유지라고 하는 위대한 목표에 봉사해야 한다고 주장했다. 하여 조혼에 찬성하면서 매춘 제도와의 투쟁을 선언했다. 히틀러는 사이코적으로 도덕적이지만, 나는 그 정도까지는 아니다. 다만 언제인가, 이 세상에서 가장 아름다운 한 여인이 이런 말을 나직이 하는 것을 들었다. 애인과 헤어지니, 애인은 보고 싶지 않은데. 애인이 데리고 간 개는 보고 싶더라고. 이제껏 내가 공부한 그 어떤 사랑에 대한 아포리즘보다 더 심오한 말씀이었다.

J양이 세상에서 가장 귀한 양초이자 세상에서 가장 향기로운 양초를 훅, 불어 꺼버렸다. J양과 나의 주변이 약간 어두워졌다. 양초 하나만 꺼져도 그만큼 세상은 어두워진다. J양은 나 때문에 기분이 좀 상한 듯했다. 나는 왜인지 미안한 마음이 들기보다는 여자가 화나 있는 걸 보기가 싫어서 불안해졌다. 그래서 뭔가를 말해야 했다.

"인생은 B와 D 사이의 C다."

"그게 뭐에요?"

"장 폴 사르트르라고. 시몬 드 보부아르와 계약 결혼을 했던 희대의 바람둥이 양반이 한 말이야. 인생은 탄생(Birth)과 죽음

(Death) 사이의 선택(Choice)이라는 말이라는데. 나는 그 C가 선택이 아니라 창조(Creation) 같아."

"나더러 결혼하기 전에 선택을 잘 하라는 거예요? 아님 결혼에 대한 선택이 창조만큼 어렵다는 거예요?"

"나도 잘 모르겠다는 소리야. 내가 그런 걸 어떻게 알겠어. 결혼이니, 사랑이니."

"선생님은 작가잖아요."

"작가니까 모르지. 작가는 뭘 아는 사람이 아니라 뭐든 질문하는 사람이거든."

나는 내가 더 큰 사고를 쳤다는 것을, 화장실에 다녀오고서야 알게 되었다. 그 사이 J양은 F형에게 별로 알아들을 수 없는 말을 하고는 일찍 퇴근해버렸다는 것이다. 어차피 '몽유병의 여인'에는 평소와 비슷하게 나 말고 다른 손님이 없는 터였다. J양은 정말 화가 난 것일까? 남자들에게 여자들은 알다가도 모르겠는 존재가 아니라 처음부터 끝까지 미스터리이다. 하지만 아둔한 나도 이것만큼은 잘 알고 있다. 그녀들이 내 앞에서 인상을 찌푸린 채 침묵하고 있다면, 이미 지옥의 뚜껑이 열린 것이라는 사실 말이다. 나는 내가 방금 그런 짓을 저질렀음을 자각하고는 모골이 송연해지기도 전에, 스스로 자리를 피해준 '열려진 지옥의 뚜껑'에게 깊이 감사했다.

샐러드와 맥주를 가지고 온 F형이 말했다.

"원고는 어쩌려고?"

"무라카미 하루키가 노벨 문학상을 받지 말아야지."

"하루키가 받으면?"

"하루키가 기분 좋겠지. 아베랑."

"지금이라도 써."

"아휴. 모르겠어. 싫어. 내 외조부가 항일독립투사라서 그런가봐."

"으이그, 또라이. 너 작가 맞아?"

"작가? 작가가 뭐야?"

"마감 약속 지켜서 글 쓰는 사람."

"잘됐네, 그럼. 저는 쓰레기라서요."

"……잘났다."

내가 좋아하는 영화들 가운데, 무라카미 하루키의 단편소설 〈토니 타키타니〉를 원작으로 한 이치카와 준 감독의 〈토니 타키타니〉가 있다. 아내가 죽고 나자, 주인공 토니 타키타니는 그저 독신 정도가 아니라, 일가친척 하나 없는 천애고아 무연고자로 남게 된다. 사람이 살다 보면, 자신의 일상을 자신이 새삼 가만히 들여다보게 되는 경우가 있다. 마치 영화관 어둠 속에 앉아 스크린 안의 자신을 바라보고 있는 것처럼. 아까 낮에 내가 문득 잠시 그러했는데, 나는 내가 토니 타키타니 같다는 생각이 들었다. 내가 토니 타키타니처럼 일가친척 하나 없는 천애고아 무연고자이기 때문만은 아니다. 토니 타키타니는, 벗어날 수 없다는 것을 알고도 그러는지 몰라서 그러는지, 너무 익숙한 자신의 고독을 낯설어 한다.

나는 F형이 읽다가 바 테이블 위에 엎어놓은 안토니오 그람시의 《옥중수고》를 보았다. 모든 책은 병서(兵書)다. 불경과 전화번호부마저도. 나는 그렇게 생각하는 것이다. 이 정도면 내가 헤게모니, 진지전(陣地戰) 등의 개념을 정립한 안토니오 그람시보다 몇 수는 위 아닐까? 아님 말고. 어차피 희망 없는 세상, 구라로 사는 거지 뭐.

"형은 정말 사회주의혁명을 꿈꿨었던 거야?"

"그렇지."

"그게 말이 된다고 생각해?"

"뭐가?"

"사회주의혁명."

"상관없어. 되든 말든."

"그건 종교야. 사교(邪敎)."

"두고 봐야지. 아직 역사가 끝난 건 아니니까."

"형은 아직도 사회주의자야?"

"아니."

"짜파게티 요리사란 소리군."

"나는 공산주의자야."

"지랄. 광신도도 못 되는 주제에."

"아마도 나는 고양이 목에 방울을 달려고 했던 거 같아. 그건 의미 있는 일이지."

"뭐가 고양이인데?"

"세상."

"그럼 형은 쥐?"

"그럴 수도 있고. 어쩌면 다른 고양이일 수도 있겠지?"

나는 쥐가 고양이 목에 방울을 다는 것과, 고양이가 다른 고양이 목에 방울을 다는 것을 상상해보았다. 그러자 불쑥 한숨처럼 이런 말이 튀어나왔다.

"……대단하군."

—어린 시절 이후 43년 동안 나는 혁명가로서 살았다. 그중 42년은 마르크스주의의 깃발 아래서 싸웠다. 그 삶을 처음부터 다시 시작해야 한다면, 이런저런 실수는 피하겠지만 내 삶의 주

요 경로는 변치 않고 그대로일 것이다. 나는 프롤레타리아 혁명가로서, 마르크스주의자로서, 변증법적 유물론자로서, 그리하여 결과적으로 화해할 수 없는 무신론자로서 죽을 것이다. 인류의 공산주의의 미래에 대한 나의 신조는 내 젊은 시절에 비해 전혀 시들지 않았으며, 오늘날 오히려 더 열렬하다.

나타샤가 마당에 나타나 내 방의 창문을 더 넓게 열어 신선한 공기가 방으로 들어오게 했다. 담장 아래로 싱싱하게 푸른 잔디가 보이고, 담장 위로는 맑고 푸른 하늘이 펼쳐져 있으며 어느 곳을 보아도 햇빛이 비친다. 인생은 아름답다. 미래의 세대가 모든 악과 압제와 폭력을 말끔히 없애고 이 세상을 온전히 즐기게 하라.

레온 트로츠키의 유언이다. 1929년 이오시프 스탈린과의 권력투쟁에서 밀려나 소련에서 추방당한 트로츠키는 생의 마지막 3년을 멕시코에서 숨어 보낸다. 이 유언은 그가 오랜 투병으로 죽음이 가까웠음을 느꼈을 때 쓴 것이다. 그로부터 겨우 한 달후. 그는 스탈린이 보낸 암살자에게 등산용 도끼로 살해당했다.

트로츠키는 자신이 그러한 죽음을 맞이하게 되는 것에 큰 불만은 없었을 것이다. 그러나 자신이 꿈꿨던 혁명이 훗날 역사속에서 "모든 악과 압제와 폭력을 말끔히 없애고 이 세상을 온전히 즐기게"하는 것과 어쩌면 정반대로 진행되었다는 사실을 미리 알았더라면 너무 슬퍼, 어느 날 문득 암살자가 찾아오기 전에 스스로 조용히 목숨을 끊었으리라.

나는 F형을 존경한다. 최소한 그는 나와 같은 회의주의자는 아니기 때문이다. 또 그가 술을 마시고 담배를 피우며 혁명을 꿈꾼다고 한들 누구를 괴롭히는 건 아니잖은가? 그는 그저 요리사이자 술집 주인일 뿐이다. 그리고 겉으로는 좀 웃기고 속으로는 많이 괴로워하는 우울한 몽상가일 뿐이며 무엇보다, 무능하다. 해방자까지는 아니지만, 그렇다고 압제자도 아닌 것이다. 더구나 그는 자신의 과거에 대해 대가를 안 치른 적이 없다. 그건 내가 보증한다.

"하긴. 마호메트가 이교도들과 전쟁을 벌이는 동안 수많은 전쟁 미망인들이 생겼거든. 이 여인들을 부양하기 위해 일부다처제를 인정했던 거지. 마호메트에게도 부인이 열두 명이나 있었다니까."

"날 비아냥거릴 거면 알아듣게 해줘. 겸손하긴 한데 머리가 아주 좋은 편은 아니라서."

"핑계 없는 무덤이 없다는 소리가 아니라, 아무래도 좋다는 소리."

이유의, 그 이유의 이유의, 그 이유의 그 이유의 이유의, 뭐 이런 식으로 계속해서 끝까지 끈질기게 이유를 추적하다 보면 도무지 이해가 잘 안 되던 세상의 모든 일에는 어느 시점에서 적당한 이유가 생겼다가 결국엔 아무 이유가 없게 돼버린다는 뜻이다. 이럴 때 우리를 도와주는 것이 신비와 아이러니다. 내가 늘 입버릇처럼 지껄이는 '어떤 알 수 없는 힘'인 것이다.

마호메트는 칭기즈칸처럼 문맹이었다. 마흔 살의 마호메트는 메카 북쪽 히라 산 동굴 속에서 가브리엘 천사의 목소리를 처음 들었을 때 너무 놀라 겁에 질려버렸다. 게다가 그 첫 계시의 말씀은 "읽어라(Iqra)"였다. 까막눈더러 무턱대고 "읽어라"라니. 마호메트는 혼란스러웠다. 혹시 이것이 알라의 계시가 아니라 악마의 속임수는 아닐까 하여 자살 기도까지 생각했다고 한다. 더 재밌는 것은, 그가 마을로 내려와 가장 먼저 이 사태에 대해 상의한 자가 기독교인이었다는 사실이다. 이 모든 풍경들이 신비와 아이러니가 아니면 대체 뭐란 말이냐. 신비와 아이러니 말고 대체 무엇으로 납득될 수 있단 말이냐. 그런데 미치고 팔짝 뛸 노릇인 게, 우리 평범한 인생들도 이와 별다를 게 없다는 점이다. 어떤 알 수 없는 힘에 이끌려 우리는, 지혜로운 고양이가 아니라 하필 어리석은 인간이다. 한 시대가 무너질 때 일어나는 일들을 겪으면서도 한 시대가 무너지고 있는 것임을 알지 못하는 자는 만고에 정처 없는 마음으로 제 몸을 저버리게 된다. 한 시대는 한 시대이자 긴 역사의 한 고리일 뿐인 것, 어떤 알 수 없는 힘에 이끌려.

"다음 주엔 어디 여행이라도 다녀와야겠어. 너무 살던 대로 사니까 자꾸 술만 늘고."

"빨리 집으로 가서 원고나 써. 아직 시간이 있잖아?"

'만인의 만인에 대한 투쟁'을 이야기했던 토마스 홉스는 91세에 죽었다. 16세기 후반에 태어나 17세기 후반까지를 살았으니 그 당시 영국 남성의 평균 수명과 비교하자면 아무리 적게 쳐도 보통 사람에 두 배 하고도 절반 이상을 살았던 셈이다. 어쨌든 100년을 산 것이니까. 그런데 그는 일생을 자기가 일찍 죽을까봐 근심했고, 젊어서부터 죽음에 대한 공포가 극심했다고 한다. 그는 7개월 만에 태어난 칠삭둥이였다. 퓰러라는 엄청나게 유명한 점성술사가 1588년 유럽이 재앙의 한 해가 될 것이라고 예언했다고 하는데, 이 말을 토마스 홉스의 어머니가 무서워했던 게 그가 조산으로 태어난 이유 중에 하나로 전해진다. 그래서인지, 토마스 홉스는 이런 말을 남겼다.

—나는 공포와 쌍둥이로 태어났다.

토마스 홉스의 아버지는 목사였는데, 사실은 사이비였고 본업이 도박사였다. 그가 즐겨 떠들었던 말은 이랬다.

—패 중에는 클로버가 최곱니다.

그는 그를 미워하는 동네 다른 목사에게 열라 두들겨 맞아 그게 쪽팔려서 집을 나간 뒤로는 영영 돌아오지 않았다.

토마스 홉스가 당대에 무시당한 많은 이유들 중에는 공화파가 아니라 왕당파였다는 점 말고도 무신론자라는 것이 있었는데, 그가 신을 도저히 받아들일 수 없었던 데에는 분명 아버지에 대한 불신 탓이 컸으리라는 게 정설이다. 홉스는 영국과 프랑스가 백년전쟁을 치르던 시기를 온통 살아내야 했다. 사람이 사람을 죽이는 것은 일상다반사였으며 말보다 주먹이 앞섰다. 힘이 곧 정의였던 시대에서 홉스는 인간이 사회를 구성하지 않고 자연상태에 놓였을 경우 어떻게 될지 철학적 상상을 해보았던 것이다. 사람들은 거대한 힘에 의해 통제되지 않는다면 죽을 때까지 싸울 것이 불 보듯 뻔해 보였다. 이것이 바로 '만인에 대한 만인의 투쟁'의 탄생인 것이다. 그에게 국가는 그러한 비극을 해체하는 유일한 사회계약이자 괴물이었던 것이다.

'몽유병의 여인'을 나온 나는 택시를 타고 우리 동네에서 내렸다. 고양이 목에 방울을 단다? 고양이 목에 방울을 달면 고양이는 엄청난 스트레스에 시달리게 된다. 방울 소리 때문에 쥐를 잡지 못해서가 아니라, 고양이 목에서 울리는 방울 소리는 고양이의 귀에는 견디기 힘든 소음이기 때문이다. 고양이는 인간의 여섯 배에 달하는 청력을 갖고 있고 4만 헤르츠까지의 고주파를 들을 수 있다. 따라서 고양이 목에 방울을 달면 그 고양이는 미쳐버릴 수 있다. 도대체 누가 나의 우주소년의 목에 방울을 달아놓은 것일까?

그때. 등 뒤에서 부우웅— 하며 기계가 접근하는 소리가 났다. 소름이 돋은 나는 뒤돌아보았다. 우주소년이었다. 전동휠체어에 앉아 있는 그는 아무 말 없이 무언가를 내게 건넸다. 그것은 내가 지난밤 잃어버렸던 그 가방이었다. 아마도 필름이 끊긴 내가 요 근처 어디에서 떨어뜨린 것을 배회하던 우주소년이 주웠던 모양이었다.

"죄송해요. 제가 머리가 아파서 죄송해요. 우주의 목소리가 들려서요. 죄송해요."

"……아, 아닙니다. 제가 죄송합니다."

내가 정확한 자초지종을 물어보려고 했지만, 벌써 우주소년은 전동휠체어를 타고 부우웅— 멀어지고 있었다. 질린 듯 아무 말도 내뱉지 못한 나는, 가로등 아래서 내 가방을 열어보았다.

모든 게 그대로였다. 당연히 무라카미 하루키의 《노르웨이의 숲》에 관한 소개 글의 초고가 적힌 노트도 그대로 있었다. 그런데…… 그런데. 나는 정말 깜짝 놀랐다. 그 초고의 바로 다음 페이지에는, 정한심 양의 필체로 적힌 메시지가 있었다.《무장한 소녀를 위한 해방 저널》이라는 혁명잡지를 만들면서 사라진 정한심 양. 그녀가 어디에선가 나를 지켜보고 있었던 것이다. 나의 우주소년과 함께.

—술을 좀 줄이시길. 자신의 삶이 전부 오로지 자신만의 것이라고 생각하는 자는 반드시 절망하게 되리니. 정한심.

—가장 악한 노예 소유주가 자신의 노예에게 친절함을 베풀어 그 악함을 감추듯이, 사회체제의 공포스러운 부분은 그것을 견디고 살아야 하는 사람에게는 잘 노출되지 않으며, 그 체제의 계획자들만이 그것을 이해한다. 따라서 잉글랜드의 현재 상태처럼, 가장 해악을 끼치는 사람들은 오히려 가장 선한 행위를 하려고 하는 사람들이다.

정한심 양의 뼈아픈 충고 다음에 놓인 문단을 나는 익히 알고 있었다. 오스카 와일드가 러시아의 무정부의자 표트르 크로포트킨의 글을 읽고 난 후에 쓴 〈사회주의에서 인간의 영혼〉의 일부분으로서, 언젠가 나는 그녀와 이 책에 대해 술자리에서 토론까지 한 적이 있었던 것이다. 대체 정한심 양은 무슨 계획을 도모하고 있는 것인가? 나는 그녀가 어딘가에 숨어서 나를 지켜보고 있는 것만 같아 주변을 두리번거렸고, 몇 발자국 앞 길바닥에는 우주소년의 검은 피리가 덩그러니 놓여 있었다. 고요한 세계였다.

　나는 나의 우주소년이 우주로 떠나버린 그 자리에 우두커니 서서 스마트폰에 청춘에 관한 긴 글을 적어 내려갔다. 그러나 그것은 무라카미 하루키의 《노르웨이의 숲》에 관한 소개 글이 아니었다. 그냥 내가 나에게 고백하는 청춘의 이야기였다. ……청춘은 육체의 나이가 아니라 실존의 나이라고, 아무리 육체가 젊어도 정신이 늙은 자는 늙은이일 뿐이라고, 아무리 육체가 늙었어도 정신이 젊다면 젊은이인 거라고, 그렇게 온갖 이론과 철학 들을 들이대며 체계적으로 우겨본들, 청춘의 실체는 당연히 젊은 육체라는 엄연한 사실을 부정할 수는 없다. 이걸 부정하려면 인간은 죽음을 부정해야 할 것이고, 그것은 삶에 대한 부정에 다름 아니기 때문이다. 단언컨대, 청춘의 영혼은 얼마 살아보지 못한 그 싱그러운 몸 안에 있는 것이다. 청춘은 육체와 영혼이 채 분리되지 못한 상태의 괴로운 발버둥이며 뻔뻔한 긴 인생 중에 병명을 모르고 병을 앓는 짧은 한 시절이 아닐까. 설령 누가 그 병의 병명을 알려준다 한들 그 병을 직접 다 앓기 전까지 우리는 청춘이라는 그 병을 모른다. 인생에는 견디는 것 말고는 별다른 약이 없고 내가 나의 상담자이자 의사일 수밖에는 없기 때문이다. 내가 내 슬픔을 믿지 못할 때, 내가 얼마나 외로운지 모를 때, 나는 깊이 아팠다. 그럼에도 불구하고 청춘이란 어쨌든 사랑하고 사랑받는 것이다. 사랑받고 싶은 자 사랑하고, 사랑하고픈 자 사랑받으라. 인간이라는 이름의 모든 청춘이여. ……내가 J양에게 해주고 싶은 사랑에 대한 이야기는 바로 이런 것이었다. 비로소 나는 그녀가 왜 나에게 화가 났는지 이해할 것도 같았다. 그녀는 내가 인간의 사랑에 대해 몽니를 부리고 있다는 사실을 간파했던 것이다. 전화가 걸려왔다.

M출판사의 편집자 박 선생이었다.

"선생님."

"어. 박 선생. 누가 받았어?"

"밥 딜런이요."

"……."

"선생님. 그래도 그 글 지금 보내주세요. 저희가 출판사 홈페이지에 올려서 포털이랑 연동하게요. 노벨 문학상 신경 안 쓰고 홍보해보기로 의견이 모아졌어요. 애써 쓰셨는데 글이 아깝잖아요."

나는 주저 없이 말했다. 아무래도 하루키가 노벨 문학상을 못 받을 거 같아서 아예 안 썼다고. 그런데 밥 딜런이 수상자가 되었으니 어쨌든 잘된 일 아니냐고. 나의 다정하고 오랜 편집자는 약간 황당해했지만, 더 이상의 별말 없이 인사만 남기고 전화를 끊어주었다. 나는 내가 쓴 글을 처음부터 끝까지 다시 읽어보았다. 제법 마음에 드는 글이었다. 인간의 내면을 쓸데없이 파헤치는 작가로서 보증하건대, 나는 비록 아무것도 아니지만, 나름대로 고통 속에서도 어떤 방식으로든 내 인생을 기념하면서 살아왔다. 그렇다면, 그것으로 이미 족했다. 나는 그 글을 아무에게도 읽히지 않고 내 마음 안에만 간직하고 싶었다. 진심이었다. 나는 그 글을 삭제했다.

쿠바의 독재자 야구광(野球狂) 피델 카스트로가 죽었다. 향년 90세. 혁명가로서는 지나치게 오래 살았으니, 혁명가였던 적은 있었으나, 혁명가로는 죽지 못한 셈이다. 그 혁명이 무엇이었건 간에. 혁명에 성공한 혁명가는 스스로 사라지거나 적의 손에 죽어야 한다. 그게 가장 아름다운 일이다. 왜냐하면, 인간은 타락을 거부할 수 없을 만큼 나약하기 때문이다.

성호 형은 항상 자신이 백 살은 너끈히 살 거라고 말한다. 앞으로도 40년은 더 살 테니, 새로운 전공으로 대학교를 또 다녀볼까 진지하게 고민 중이라고.

언젠가 광화문 지하도에서 보았다. 술에 쩔은 노숙자1이 술에 쩔은 노숙자2에게 이렇게 말한다.

"형. 내가 웃으니까, 좋지?"

노숙자2가 대답한다.

"좋지."

나는 나랑 성호 형인 줄 알았다. 내가 자기보다 먼저 죽을 거라고 확신하는 성호 형. 그렇다면 오늘부터 한 3년간 장르를 가리지 않고, 마모되기 위해 제작된 기계처럼 미친 듯이 글을 쓸 생각이다. 말년에 아디다스 추리닝만 입고 다닌 카스트로는 100년에서 10년 덜 살다가 죽고, 성호 형은 100세를 향해 늙어가며 매일 술 먹고 하루 종일 담배 피우고 집에도 안 들어가며 이상한 소리만 늘어놓고. 그런데 사람들은 박수치고. 그러는 그를 너무 좋아들 하고. 언제 사라질지 모르는 나는 달랑 칼 한 자루 꽉 쥔 채 새로운 싸움 안으로 저벅저벅 걸어들어간다. 뛰어갈 필요가 없다. 태풍 속에서는. 선(禪)이라는 것은, 어쩌면 바람직한 삶이라는 것은, '홀로 조용히 시간 때우기'인지도 모른다. 그리고 폭풍의 씨앗은 그 안에서 움튼다.

담배는 피웠으나 술은 마시지 않았던 린뱌오는 64세에 사망. 술은 마셨으나 담배는 피우지 않았던 저우언라이는 78세에 사망. 술도 마시고 담배도 피웠던 마오쩌둥은 83세에 사망. 술도 마시고 담배도 피우고 카드도 즐겼던 덩샤오핑은 93세에 사망. 술도 마시고 담배도 피우고 카드도 즐기고 첩도 있었던 장쉐량은 103세에 사망. 술도 안 마시고 담배도 안 피우고 카드도 안 하고 여자친구도 없고 오직 좋은 일만 한 레이펑은 23세에 사망했다.

세상과 삶이 다 장난 같다. 누가 뭘 알겠는가? 다만 나는 육화진법(六花陣法)을 꿈꾼다. 진(陣)을 눈송이 결정 모양같이 여섯 모가 지게 만들어 적진을 꿰뚫어 들어가 단병(單兵)으로 싸우는 백병전(白兵戰)의 방법, 그것 말이다. 그리고 사람들은 자주 이렇게 물어오곤 한다. 무엇으로 글을 쓰느냐고. 나는 아무 대답도 안 하지만 속으로는 이렇게 대답하고 있다. 당연히, '슬픔의 힘'으로 쓴다.

집으로 걸어가는 길에는 밤하늘의 별이 반짝였다. 별은 왜 반짝일까. 모닥불을 피워놓고 그 위로 맞은편을 바라보면, 경치가 흔들리는 것처럼 보인다. 그것은 뜨거워진 공기가 움직이며 빛을 흩어놓기 때문이다. 별이 반짝이는 것도 이와 같다. 별들이 있는 높은 곳의 기류는 빛과 함께 항상 흔들린다. 인간도 마찬가지다. 흔들리는 인간만이 높이 솟아 반짝이는 별처럼 아름답다.

그러한 상념 끝에 무심코 외투 호주머니에 손을 집어넣는데, 무언가 낯선 것이 만져졌다.

—세상에서 가장 귀한 양초예요. 제가 직접 만든 거예요. 세

상에서 가장 향기로운 양초.

내 왼손에 딸려나온 것은 어느 젊고 아름다운 여인의 수수께 끼 같은 마음이었다. 그 밤 '몽유병의 여인'에서 J양은 심지 끝이 까맣게 그을려 있는 제 양초를 내가 화장실에 간 사이 내 외투 안에 몰래 넣어두고 사라졌던 모양이다. 나는 그림을 많이 그리고 싶어졌다. 그 그림들을 팔아서 낙타를 사고 싶었던 것이다. 나의 낙타를 타고 사막에 가면, 모래바람이 되어 속삭이는 하나님을 만날 수 있을 거였다. 그리고 이제 나는 이 세상에서 가장 귀한 양초, 이 세상에서 가장 향기로운 양초를 손바닥 위에 올려놓은 채, 내 어두운 인생의 골목에서 불을 밝혔다. 어떤 알 수 없는 힘에 이끌려.

몇 주일이 지나, 늦가을이 왔다. 그날은 새벽에 일어나 따뜻한 국화차를 한 잔 마시는데 나도 모르는 사이 뭔가를 사인펜으로 쓱쓱 그림 그리듯 쓰고 있었다. 어떤 남자에 관한 이야기인데, 그는 가만히 혼자 울고 있다. 특별히 슬픈 일이 있는 것이 아니고 우울증도 아니다. 느닷없는 깨달음처럼 지난 삶이 후회와 아픔으로 다가온 것뿐이다. 그가 아닌 나는 글쓰기를 멈추고 종이를 접어서 거실 책꽂이 위에 올려놓았다. 언젠가 이어서 쓰든, 휴지보다 못하게 버려지든 하겠지. 원인도 찾지 못한 채 지쳐버리는 대부분의 인생들처럼. 지하철 안의 모두가 한 사람의 장례식에 가고 있거나 한 사람의 결혼식에 가고 있는 것만 같은 그런 수요일이었다.

오후에는 한적한 대형마트 계산대에 줄을 서 있는데, 전동휠체어에 앉아 있는 추레한 중년 사내가 달랑 새 모이 한 봉지만을 계산하고 있었다. 우주소년, 나의 우주소년이었다. 검은 플라스틱 피리를 잃어버린 우주소년. 필경 요 근처 낡고 침침한 임대 아파트에 혼자 살며 새를 키우나보다. 행복하거나 불행하거나, 새를 새장에 가두어 키우는 사람들은 그 둘 중에 하나일 거라고 나는 언제부터인가 아무런 까닭도 없이 믿어왔다. 사실 우리 모두는 하늘을 날지 못하는 장애를 가지고 있다. 애초에 사랑이 없었다면 사랑을 저버리거나 사랑에 버림받지도 않았을 것이나, 보이지 않는 눈물을 견디는 사람에게는 환란 속에서도 희망이 있다. 삶이란 그렇게 기도해야 기어코 견딜 수 있다는 것을 나는 누구보다 잘 알고 있지 않은가. 외롭더라도 시들지 말고 무조건 움직이자. 당신과 나는 하나님 앞에서 인간이라는 공범이다. 그러나 죽는 그 순간까지 하루에 단 한 발자국씩일지라도 압제자에서 해방자로 나아갈 것이다. 애써 용기를 내어 안으로 쑥 들어가 살펴보면, 화들짝 거대한 짐승인 나여. 뿔 달린 수도승이여. 가득하고도 아득한 모순이여. 쓸쓸한 미신이여.

그 전동휠체어를 뒤따라 천천히 대형마트 밖을 나서는데, 저기 햇살 무더기 앞에서 마치 꿈꾸듯 부우웅— 검고 커다란 새 한 마리가 하늘 높이 날아오른다.

장미의 벼락 속에서
당신과 나는

장미의 벼락 속에서 우리가 향하는 쪽으로

밤은 가시들에 의해 밝혀지고, 숲속에서

살랑거리던 나뭇잎의 천둥 소리가

지금은 우리 발자국을 좇는다.

잉게보르크 바하만의 〈장미의 벼락 속에서〉이다. 내가 사람들 사이에서 이 시를 몰래 입술만으로 읊는 것은, 좌우지간 몹시 고독하다는 뜻이다. 어서 정한심 양을 구출해야 한다. 골고다 언덕의 십자가에 못 박히는 날이 닥칠지라도, 저 사악하고 야비한 세력의 올무와 덫으로부터 그녀를 해방시켜야 한다. 우리 모두의 앞날, 그 아름다운 반란과 영원한 자유를 위해서. 그리고 무엇보다 내 가슴 아픈 영혼을 위해서. 이제 고난 같은 낭만은 실종되고, 싸늘한 전략만이 희롱처럼 남았다. 나는 모세가 될 것인가? 바울이 될 것인가? 누가 그런 것을 내게 묻고 있는가? 지난 몇 주간 내 머릿속은 온통 이러한 상념들로 어지럽고 착잡했다. 결코 사무엘 베케트의 《고도를 기다리며》일 수는 없다. 정한심 양은 고도가 아니며 나는 블라디미르가 아니다. 전직 혁명가이자 현직 요리사인 F형은 에스트라공이 아니다. 영화평론가 김봉석은 럭키가 아니고, 시인이자 건축가 함성호는 포조가 아니다. 나는 창고에서 긴 칼을 꺼내 반짝반짝 닦아 서재 벽에 기대어두었다. 나의 칼, 나의 심장, 어떤 알 수 없는 힘에 이끌려 눈을 감으니, 장미의 벼락이 몰아쳤다. 그것은 폭력의 시절이 내게 다가올 때면 꼭 경험하게 되는 감각이잖은가. 아인슈타인의 난해한 이론을 쉽게 풀어준 것은 일식실험이었다. 물리학이 만든 공식을 물리학이 아니라 천문학이 증명해낸 것이다. 한 바닥에서 은하계적으로 훌륭하면 그 바닥의 쓰레기들로부터 존경은커녕 배척만 당하기 일쑤다. 무식한 것들이 다 그렇지 뭐. 양심 없는 것은 대수가 아니다. 무식한 게 정말 문제다. 우리는 진짜 친구가 누구인지 평소에는 잘 모른다. 그러니 주변을 유심히 살피면서 지내야 하는 것이다. 나는 베드로인가,

유다인가. 누가 이런 것을 내게 묻고 있는가? 오늘 밤도 블랙홀의 동그란 지평선을 따라 빛이 훼절되고 있다. 인생이여. 천국에서 사채놀이를 하고 지옥에서 개척교회를 열어도 제 맘이라지만, 아직 버젓이 살아 있는 나는, 좌우지간 몹시 고독하다.

　―우선적으로 적에게는 이념을 보여주는 게 아니라 공포를 안겨줘야 하는 거라고요. 날 건드리면 지옥의 뚜껑이 열린다는 공포. 일단 그럼, 뭐든 보람 있는 일을 시작할 수 있죠.
　"이 광대한 혼돈 속에서 분명한 것은 단 한 가지, 우리는 고도가 오기를 기다리고 있다는 점이야"라는 《고도를 기다리며》 속 블라디미르의 개소리 대신 나는 언젠가 술 취한 정한심 양이 담담히 던진 위와 같은 말을 철석같이 믿기로 한다.
　우리의 정한심 양이 여성지 연예부 기자를 때려치우고 《무장한 소녀를 위한 해방 저널》이라는 1인 제작 혁명잡지를 창간하기 위해 두문불출 중 현 정부의 비밀기관에 체포 구금되었다는 정보는 정말이지 내게 엄청난 충격이었다. 국정원 너머, 너머, 너머의 '그림자 조직'이라니. 혁명의 길이란 어찌 이리도 험난하단 말이냐? 인간의 내면을 쓸데없이 파헤치는 작가로서 맹세하건대, 나는 정한심 양의 승리를 통해 나의 존엄을 되찾고자 한다. 나의 자오선은 오래전 내가 시를 처음 조우했던 그 연유로 인해 두 동강 나버렸지만, 하나님처럼 인간에게 박해받는 저 높은 벽은 너무도 아름답다. 장총을 옆에 메고 기러기 무리가 달을 스쳐 지나가는 가을의 지붕 위에서 트럼펫을 부는 소녀의 이미지가 떠오르지 않는가. 어떤 알 수 없는 우주의 힘에 이끌려 저 소녀는 대체 누구를 쏴 죽이고 싶은 것일까?

—이 세상에서 가장 무서운 자는 전향한 사람이다. 그는 자신이 몸담고 있던, 강 건너의 변화하는 현실을 죽어도 인정하지 않는다. 인정할 수 없다. 내가 그랬다.

불가사의가 많다고들 하지만, 막상 정확히 따져보면, 진짜 불가사의는 내 외부에 있는 게 아니라 내 안에 있는 경우가 대부분이다. 가령, 위의 저 말은 내가 한 말이 아니라, 내 어느 단편소설 속 주인공의 혼잣말이다. 당연히 그것은 내 작품 속 캐릭터의 말이지 작가인 나의 말이 아니다. 그러나 어쨌든 저렇게 쓴 것이 고작 스물네 살 먹은 나이니, 당시 내 지식이나 감성 체계 속에는 저런 생각이 도출될 법한 뭔가가 있었어야 할 텐데, 내가 알기로 그 무렵의 나는 저런 문장을 빚어낼 만한 뭘 도무지 가져본 적이 없는 것 같다. 불가사의. 나에겐 UFO 따위가 아니라 이런 것들이 불가사의랄 수 있다. 내가 어떤 개새끼에게 조종당해서 저런 미친 소리를 늘어놓고 있는 것만 같단 말이다.

전향이라니. 나는 소싯적부터 지금껏 특정 단체에 가입하거나 어떤 이데올로기에 경도된 바가 없다. 천사건 악마건. 개건 고양이건. 레닌이건 레이건이건. 오만가지 천태만상 주최측이라는 것들이 나는 죄다 싫다. 하긴. 그게 내 한계겠지. 오만가지 천태만상 주최측이라는 것들의 한계처럼. 다만, 부디 주최당하지 않고 살다가 죽고 싶은 게 소원이다. 이 한 세상, 주최당하지 않고 개기는 게 너무 힘겹다. 사람으로서도. 짐승으로서도.

　—순수란 일종의 질병이다. 그 병을 잘 이겨내면 생활인이 되는 것이고, 이기지 못하면 낙오자가 되며, 만성이 되어버리면 예술가가 된다.
　이런 얘기도 마찬가지다. 내게는 아무 동의도 구하지 않고 내 안에서 튀어나왔을 것이다. 순수라는 질병을 잘 이겨내면 생활인이 되고 이기지 못하면 낙오자가 된다는 것까지는 납득이 가는데. 순수라는 질병이 만성이 돼버리면 예술가가 된다는 건 틀린 말인 것 같다. 이제껏 내가 만나본 예술가들이 그리 순수해 보이지 않았기 때문이다. 물론 나까지 포함해서. 그리고,
　—순진한 자들은 타인들이 자신처럼 행동할 거라 착각하는 부류다. 순수한 자들은 타인들이 자신처럼 행동해야 옳다고 화가 나 있는 부류다.

마흔 살이 되기 직전에 적었던 이것은 앞에 제시한 두 문단과는 달리 확실한 운산(運算)의 자취가 생생하고, 제법 말도 되는 것 같다.

내가 성호 형에게 물었다.

"형은 남들이 형처럼 행동할 거라고 생각하는 부류야?"

"돌았냐."

역시나. 이 자는 순진한 자가 아닌 것이다.

"그럼 타인들이 형처럼 행동하지 않을 때 화가 나? 타인들이 형처럼 행동해야 옳다고 생각해?"

"남들이 다 나 같으면 이 사회가 박살나지. 나는 너무나 위대하니까."

그렇다. 이 자는 순진하지도 순수하지도 않은데다가, 뻔뻔하기까지 한 것이다. 철학에는 '판단중지(Epoche)'라는 개념이 있다. 고대 희랍 견유학파(犬儒學派)—개처럼 대충 살자는 주의의 추종자들—의 뜻을 이어 현대철학자 후설이 정립한 방법론으로서, 피차의 견해와 주장이 상충돼 조정, 합의가 안 될 경우에는 사안 자체에 괄호 쳐서 아예 보류해버리는 것을 가리킨다.

나는 며칠 전 내가 일산 식물원에서 겪었던 일을 판단중지하려고 기를 써봤지만, 판단이 중지가 되지를 않았다. 더욱 갑갑한 노릇은, 감히 그 사실을 어느 누구—함성호, 김봉석, F형 포함—에게도 털어놓지를 못하겠어서였다. 그것은 아무도 모르게 홀로 해결해야만 하는 내 우주의 비밀이 돼버린 것이다. 40년 동안 광야에서 양치기로 지내다가 하나님과 마주쳤던 모세의 심정이 이랬을까?

썩어가는 남의 속도 모르고, 순진하지도 순수하지도 않은데다가 뻔뻔하기까지 한 시인이자 건축자 함성호가 소주잔을 비우면서 말했다.

"뭣 땜에 우거지상인지는 모르겠으나, 괄호를 쳐. 판단을 중지하고 1세기를 묵혀둬. 그럼, 자기 말이 옳다고 우기는 두 놈 다 이 세상에는 없는 거지. 어? 문제가 즉각, 해결됐네?"

놀랍지 않은가. 과연, 개처럼 대충 살자는 사상의 대가답지 않은가 말이다. 갑자기 돈이 벌고 싶어졌다. 돈 많이 벌어서 우리 성호 형, '신데렐라 주사' 놔드려야지. 내가 아는 인간들 중에 공황장애를 절대 앓을 수 없는 인간 셋을 공개하겠다. 함성호. 김봉석. 최순실. F형은 그래도 사람 같은 편에 속한다. 어쩌면 나보다도 더 나약한. 에이, 희망 없는 세상, 개가 개를 잡아먹으면서 사는 거지 뭐. 사바가 온통 영원한 우주의 비밀인 까닭이니, 고로 뭐든 정리하지 말란 말이야. 정리되면, 한꺼번에 다 죽는 거야. 알겠어?

세계적으로 근래 정치평론가나 사회평론가들의 예측이 자

꾸 빛나가는 것은. 날이 갈수록 세상이 복잡해지고 인간의 내면이 더욱더 아수라장이 돼서도 그렇겠지만. 사실은 근본적인 착각 때문이다. 인간은 정치적이거나 사회적인 요인에 의해 움직이는 것처럼 보이지만, 사실은 자연과학과 동물학의 영역 안에서 좌충우돌하기 마련이다. 그러면서 그러한 인간이 정치적이나 사회적으로 세상을 어지럽히는 것이다. 세계사는 이성과 과학에 의해서 움직이지 않는다. 세계사는 이성과 과학을 가장한 성격과 우연의 누적에 의해서 전개된다. 따라서. 평론가들의 근래 분석 오류들은, 이론이 인간보다 과도하게 앞서 나가서였다거나 미숙하였다기보다는, 분석가들이 인간의 어이없는 핵심을 망각했기 때문이다. 인간의 나이브함에 대한 오만불손인 것이다. 기실 통찰이라는 게 별것 아니다. 너도 나도 어둠임을 외면하지 않는 것에서부터 통찰의 빛은 나온다.

신데렐라(Cinderella)는 '재를 뒤집어쓰다'라는 의미로, 아궁이 앞에서 일하는 모양을 빗대서 붙여진 명칭이다. 고교 시절 5인조 록그룹을 했는데 이름이 '신데렐라'였다. 늑대새끼 같은 머스마들이 왜 그런 엽기적인 이름을 선택했는지는 이제 와 기억이 나질 않는다. 아무튼, 신데렐라의 리더는 '송곳'이라는 별명을 달고 있는 녀석이었다. 송곳이 송곳이 된 까닭은 이러하다.

인문계인 우리 학교는 동일 재단의 공업고등학교와 바싹 붙어 있는 탓으로 양교 학생들 간에 충돌이 잦았고, 재수 없게도 녀석이 그만 공고 짱에게 걸려 흠씬 얻어터지고 만 것이다. 분을 삭일 수 없었던 녀석은 다음날 아침 공고 2층 복도에 우두커니 서 있었다. 나는 이 나이를 먹은 지금까지 녀석의 손만큼 섬세하고 고운 손을 어느 여자에게서도 본 적이 없다. 그런데 그 손이 조회 시작종과 동시에 바로 앞 교실 뒷문을 열고 저벅저벅 걸어들어가서는, 신나게 구라를 풀고 있는 공고 짱의 어깻죽지에 송곳을 꽂아버렸던 것이다.

송곳은 천재였다. 나는 녀석에게서 음악을 배워나가면서 그 것을 깨달았다. 아, 세상에는 정말 천재라는 괴물들이 있기는 있구나! 내가 어느 정도 록을 듣는 귀가 뚫리게 되었을 때, 그 사실은 더욱 당연해졌다.

송곳은 스스로를 레이 만자렉이라고 떠벌렸다. 해군 제독의 아들로 태어난 짐 모리슨이 UCLA에서 영화를 전공하던 중 건반을 치는 레이 만자렉을 만나 도어즈를 결성했던 일화를 빗댄 것이었다. 그러나 녀석의 그런 자기선전은 맞기는 맞되 다 맞는 소리는 아니었다. 송곳은 알다가도 모를 자작 전위시들이 빼곡히 채워진 대학 노트를 서너 권씩이나 들고 다니며 그것들에 곡을 붙이고 있었다. 녀석은 레이 만자렉이었지만, 또한 짐 모리슨이었던 것이다. 나는 송곳에게서 앨리스 쿠퍼, 더 애니멀즈, 아시아, 앰브로시아, 밥 딜런, 보스턴, 카멜, 크림, 데이비드 보위, 데프 레퍼드, 다이어 스트레이트, 에릭 클랩튼, 플리트우드 맥, 그랜드 펑크 레일로드, 잭슨 브라운, 제퍼슨 에어플레인, 캔자스, 킹 크림슨, 핑크 플로이드, 에머슨 레이크 앤 파머, 레드 제플린, 레너드 스키너드, 닐 영, 오티스 레딩, 폴리스, 퀸, 롤링 스톤즈, 산타나, 유투, 티 렉스, 밴 모리슨, 더 후, 야드버즈, 재거 앤 에반스, 지미 헨드릭스…… 들과, 그리고 무엇보다 비틀즈와 엘비스 프레슬리를 전수받았다.

나 말고 다른 멤버들은 각자 존경하는 아티스트의 사진을 품고 다녔는데, 드럼을 치던 '이미자'—녀석은 정말이지 원로 국민가수 이미자와 얼굴이 처절하게 흡사했다. 녀석은 신데렐라 멤버가 아닌 아이들이 그 별명을 부르면 무조건 달려들어 주먹을 날렸다—는 도가 지나쳐, 레드 제플린의 드러머 존 본햄의 생일인 5월 31일과 사망일인 9월 25일이면 학교 본관 옥상에 제사상을 차려놓고 큰절에 술을 올린 뒤 빌릴리 빌릴리 피리를 불었다. 천국에서 장기밀매를 하고 지옥에서 떴다방을 벌인들 제멋인 게 청춘이라지만, 그로테스크라는 단어가 없었으면 구원 못 받았을 추억이 내게는 너무 많다.

바야흐로 고난 같은 낭만은 실종되고, 싸늘한 전략만이 희롱처럼 배회하는 시대다. 나는 모세가 될 것인가? 바울이 될 것인가? 나는 베드로인가, 유다인가. 대체 누가 이런 것들을 내게 묻고 있는가? 감히 누구에게 그럴 자격이 있단 말인가?

　배신과 전향. 사람들은 이 둘의 차이를 두고서 서로를 비난한다. 자기가 하면 전향이고, 남이 하면 배신이다. 평범한 삶을 원하였으나, 아무래도 무의미해지지는 않으려는 과정에서 누구나 한 번쯤 이런 식의 의도를 지닌 질문들을 타인과 주고받게 되기 마련인 것이다. 너는 베드로가 될 것인가, 유다가 될 것인가? 너는 모세인가, 바울인가.

　마태는 베드로를 예수의 오른팔로 평했다. 예수는 베드로를 '교회의 반석'이라고 칭했고 '천국의 열쇠'를 주었다. 베드로가 로마 가톨릭의 초대 교황이라는 전승은 여기서 비롯되었다. 예수가 제자들에게 말했다. 너희는 모두 달아나고 나를 버릴 것이다. 베드로가 외쳤다. 다른 사람은 몰라도 저는 절대 그러지 않습니다. 필요하다면 주님과 함께 죽겠습니다. 예수가 체포되던 밤, 자기는 예수와 아무 관계가 없다고 주장하는 베드로의 모습은 4복음서 전부에 사무치게 묘사돼 있다. 〈마태복음〉에서는 닭이 울기 전에 세 번 부인하고, 〈마가복음〉에서는 닭이 두 번 울기 전에 세 번 부인한다. 그러고는 아침이 밝았을 것이다.

예수가 제자들 가운데 하나가 자신을 배신할 것이라 예언했을 때 유다는 말했다. 주님, 저입니까? 유다를 가룟 유다라고 부르는 것은 동시대의 동명이인들과 구별하기 위해서다. 유다의 이야기 역시 성서들마다 디테일이 조금씩 다르다. 유다가 예수를 로마인들에게 넘겨준 대가로 은전 서른 닢을 받는 장면은 〈마태복음〉에만 나온다. 유다가 자기가 한 일을 후회하는 것도 마찬가지다. 예수의 유죄 판결을 보고 뉘우친 유다는 은전 서른 닢을 당국자들에게 되돌려주려 하였으나 거절당했고, 그것을 땅에 버린 뒤 목매달아 자살했다. 〈누가복음〉에서는 유다가 사탄에 홀린 것으로 돼 있는데, 〈요한복음〉에서는 아예 유다를 악마라고 묘사한다. 〈사도행전〉은 유다가 몸이 부풀어오르고 배가 터졌다는 것과 〈시편〉 69장 25절, 109장 8절을 그의 죽음에 관한 예언으로 언급한다. '유다의 입맞춤'이란 표현은 배신행위를 상징하는 표현으로 사용되고 있다. 유다가 예수에게 입을 맞춤으로써 로마 장교들에게 예수를 지목해주었기 때문이다. '유다'는 '유대인(Jew)'의 어원과 똑같기에, 반유대주의자들은 자신들이 주님의 일을 하고 있다고 믿기도 한다. 1966년 밥 딜런이 콘서트에서 일렉트릭 기타를 들자, 관객 중 누군가가 "유다!"라고 소리 질렀다.

이렇게 누군가는 누군가를 누군가로 부른다. 더럽게 피곤한 일이지.

정한심 양은 정말 정한심 양인가? 우리는 정말 정한심 양을 기다리고 있는 것인가? 아니면 정한심 양을 기다리는 척하면서 해피 붓다를 기다리고 있는 것인가? 혹은 정한심 양과 해피 붓다를 동시에 기다리는 것인가? 정말은 절망이 아니라 정말 정말인가? 정한심. 오, 나의 막달라 마리아. 1961년 5월 16일 새벽 탱크를 몰고 한강 다리를 건넜던 전직 고관대작이자 현직 갑부인 그대의 아버지가 '한심하게 사는 것이 곧 도(道)에 이르는 길'이라는 개똥철학을 들먹이며 7남 1녀 중 물경 60세 때 젊은 네 번째 정부인에게서 얻은 기적에 가까운 늦둥이 고명딸의 인생에 문신으로 새겨버린 그 한심한 '정한심(鄭寒心)'이, 그대에게는 조금도 어울리는 이름이 아니올시다. 그대의 욕망에 노망이 든 아비는 러시아 대혁명의 해에 태어난 태풍아(颱風兒) 박정희에게 가졌던 콤플렉스를 끝끝내 치유하지 못한 채 박정희처럼 62세에 죽지 못하고 아흔 살을 넘겨 살고 있는지 모르겠으나, 정한심, 그대에게는 어느 날 갑자기 우리 눈앞에 천국으로 이어진 찬란한 무지개다리처럼 짜잔 나타나는 그러한 이름이 간절한 것이외다.

나는 요즘도 신데렐라의 멤버들과 일이 년에 한 번쯤은 만나곤 하는데, 두 명이 항상 결석이다. 왜냐하면, 리드기타는 대학입시에 미끄러지자마자 부모 따라 캘리포니아로 이민해 옷 장사를 하고 있고, 이미자는 전방의 특수부대에서 만취한 상태로 발광하다가 오발사고를 일으켜 죽었기 때문이다. 상관들 중 누가 그를 이미자와 닮았다고 놀린 건 아니었을까? 믹 재거를 숭배하던 베이스기타는 신림동에서 아버지의 정육점을 물려받았다. 나는 뭐 대강 이렇고. 그러나 송곳은 아직도 음악에 몸담고 있다. 송곳은 전문대학의 치위생과를 다니다가 때려치우고는 줄곧 언더그라운드를 전전하였다. 송곳은 술자리에서 베이스기타가 화장실에 가느라 잠시 자리를 비우면 그새 풀이 죽은 목소리로 이런 푸념을 흘린다.

"나 노래방 반주도 녹음한다. 연주야 악보만 있으면 토토보다 잘하지. 씨발."

여기서 '토토'는 올여름에 내 곁을 떠나 무지개다리 저편으로 건너간 토토가 아니라, 세션맨 출신들로 구성된 미국의 슈퍼 록 그룹 '토토'를 가리킨다.

송곳은 옛날의 총기를 상실했다. 그의 가슴에는 실의와 낙담만이 쾡하다. 이른바 5공 고위인사였던 아버지와는 이래저래 부자관계를 끊고 산 지 오래고, 이혼 뒤 궁핍한 생활에 이 여자

저 여자 사이를 오가며 몽롱한 천덕꾸러기가 된 듯하다. 그러나 나는 나의 천재, 나의 레이 만자렉이자 짐 모리슨을 믿는다. 녀석은 다만 운이 좋지 않았고, 세상의 잔인함을 얕봤을 뿐인 것이다. 그게 그렇게 큰 잘못은 아니잖은가. 나는 천재라고 해서 반드시 레이 만자렉이나 짐 모리슨처럼 유명해진다고는 생각지 않는 심각한 염세주의자이므로, 송곳에게는 아무런 위로도 돼주지 못하고 있다. 요술도 유리 구두도 없이 재를 뒤집어쓰게 되는 세상, 배짱으로 사는 거지 뭐. 우리는 진짜 친구가 누구인지 평소에는 잘 모른다. 그러니 주변을 유심히 살피면서 지내야 하는 것이다. 쓸쓸하고 슬퍼도 멋이라고 우기면서.

인류 역사상 가장 으리으리한 전향자는 바울이다. 그리스어와 라틴어를 능숙하게 구사하는 유대인이자 로마인이었던 그는 기독교인들을 탄압하는 데 사탄의 왕처럼 앞장섰다. 스데반이 유대교 랍비들의 돌에 맞아 순교하면서 "주여, 이 죄를 저들에게 돌리지 마옵소서"라고 말할 때 바울은 그 랍비들의 겉옷을 들고 태연히 서 있었다. 바울은 가능한 더 많은 기독교인들을 잡아 죽이기 위해 다마스쿠스로 가던 도중 부활한 예수를 맞닥뜨리고 기독교로 개종하게 되었다. 예수가 없었다면 기독교는 없었을 것이다. 그러나 바울이 없었다면 기독교는 지금의 기독교처럼 세계적인 종교가 되지 못했을 것이다. 이는 어느 신학자도, 어느 역사가도 부정할 수 없는 명백한 사실이다.

운명의 그날. 나는 '몽유병의 여인'에서 F형과 점심식사를 하며 예수와 함께 골고다 언덕에서 십자가형을 받은 도둑들에 관한 얘기를 나누었다. 그리고 성호 형을 만나기 위해 일산 식물원으로 갔다. 그가 굳이 그곳을 약속장소로 잡은 것은 거기서 건축잡지 인터뷰 촬영이 있었고 자기 집도 부근이었기 때문이다.

나는 내가 구상 중인 소설의 윤곽을 그려 보이는 와중에 십자가의 고난을 앞둔 예수가 베드로, 야고보, 요한과 함께 겟세마네 동산으로 기도하러 올라가는 장면을 논하게 되었다. 예수는 제자들에게 속삭였다. 내 가까이 있어다오. 괴로움과 슬픔으로 가슴이 찢어질 것 같구나. 예수는 그들과 조금 떨어진 곳으로 가 자리를 잡았다. 하나님 아버지, 가능하다면 이 고통에서 저를 구원하소서. 예수는 제자들이 필요했지만, 그들은 그새 피곤해서 잠이 들어 있었다. 단 한 시간도 나와 더불어 깨어 있지 못하느냐?

시인이며 건축가인 함성호가 야자수만 한 선인장 앞에서 말했다.

"나는 뭐든지 열심히 하는 놈들이 잘돼야 한다고 봐. 악하든 선하든. 왜냐. 인간이라는 것들은 채찍으로 때리기 전엔 거의 모두 아무것도 안 하려고 하거든. 꼴 보기 싫지."

내가 지금 피곤하다며 투덜대고 있는 이 일이 누군가에게는 얼마나 하고 싶은 일인가를 까먹지 않을 때 직업정신은 실족하지 않는다. 내가 지금 피곤하다며 투덜대고 있는 이 일이 과거의 내가 얼마나 하고 싶어 했던 일인가를 까먹지 않을 때 직업정신은 그런대로 제법 봐줄 만하다. 내가 지금 피곤하다며 투덜대고 있는 이 일이 언제든 내가 아무리 하고 싶어도 아무도 시켜주지 않는 일이 될 수 있다는 사실을 까먹지 않을 때 직업정신은 단 한 발자국이라도 전진한다. 기술 없는 직업정신은 뜬구름이다. 직업정신 없는 기술은 무엇으로든 박살나기 쉬운 테라코타와 같다. 인생이 무엇인지는 모르겠다. 그러나. 인생을 공업(工業)이라고 규정짓는 것은 고요하고 강건하고 유익하다. 공업을 공업으로 여기는 것은 평범한 사실일 뿐이지만, 인생을 공업으로 여기는 것은 도(道)다. 도는 결정의 활용이다. 몸의 길이고 영혼의 문이다. 공업이다. 해야 할 일을 모를 때 우리는 방황한다. 해야 할 일을 하지 않을 때 우리는 타락한다. 해야 할 일이 벽에 부딪혔을 때 우리는 강해진다. 그 벽을 무너뜨리고 전진했을 때 우리는 깨닫는다. 해야 할 일을 다 했을 때 우리는 감사하며 침잠(沈潛)한다. 이제 더 해야 할 일이 무엇일까 궁리할 때 우리는 조용히 기쁘다. 인생이 끝없는 자의식과의 괴로운 싸움이구나. 이래서 질식당하지 않기 위해 인간은 스스로 벌레가 되어 자신을 내려놓을 신을 필요로 한다. 나는 그의 얼굴도 모르지만, 나에 대해서는 모르는 것이 전혀 없는. 결국, 나의 죄라는 신.

"그러면서 형은 왜 아무것도 안 해?"

"난 하고 싶은 게 없어."

나는 그런 인간과 한시도 친하고 싶지 않았지만, 원래 친구가 별로 없어서 어쩔 수가 없었다.

"넌 하고 싶은 게 많아서 좋냐?"

"안 그러면, 그렇지 않아도 허무한 인생이 진짜로 쓰레기가 되잖아."

"넌 참 볼수록 특이한 새끼야. 탐미주의자라면서 선악을 구분해. 그러면서도 가짜는 아니야. 그게 더 신기해. 모순이지, 모순."

모순이라. 북극성은 800광년 떨어져 있다. 우리는 고려시대 무신정권에서 출발한 빛을 오늘밤 보고 있는 것이다. 만약 북극성이 800년 전에 사라진 것이라면 북극성은 지금 존재하고 있는 것인가, 아니면 없는 것인가. 현실 속 같은 조건에서 두 개의 이벤트가 버젓이 살아 있는 것이다. 모순이 되려면 이 정도는 돼야 모순이다.

"크리스마스에는 겨울 별들이나 보면서 낚시나 할까 해."

"말만 들어도 몹시 춥구나. 견딜 수가 없다."

겨울철 별자리가 봄철 별자리보다 의미가 있는 것은 차가운 기온으로 인해 대기가 안정되어 날씨가 맑아서다. 그러나 정작 별들이 아름다운 것은 거기에 담긴 인간들의 이야기 때문이다. 그리스 신화일 수도 있고 견우와 직녀의 이야기일 수도 있다. 유목민들처럼 맨눈으로 별자리들을 더듬으며 바다나 강 속의 물고기를 낚는 것은 굉장히 시적인 시간이다. 나는 별자리 보는 법을 배우고 싶어 하는 이들에게는 우선 오리온자리를 권한다. 오리온은 바다의 신 포세이돈의 아들로서 키가 크고 힘이 센 사냥꾼이었다. 그는 달의 여신 아르테미스의 연인이었는데 그녀의 오빠인 태양신 아폴론은 이를 탐탁지 않게 여겼다. 결국 아르테미스는 아폴론이 금빛 장막으로 휘감아버린 오리온을 향해 아무것도 모른 채 활을 쏘고야 말았다. 활쏘기의 명수인 아르테미스의 화살은 오리온을 꿰뚫었고, 나중에야 이 사실을 안 아르테미스는 오열하며 오리온을 별자리로 만들었다. 환한 달빛 속에서도 오리온이 아름답게 빛날 수 있는 것은 이 때문이라고 한다. 큰개자리는 밤하늘에서 가장 밝은 별인 시리우스가 있는 별자리다. 시리우스는 고대 이집트에서 나일 강이 범람하는 시기를 알려주는 중요한 별이었다. 모세도 그 별을 보았을 것이고, 모세와 일전을 겨루다가 만신창이가 된 파라오도 그랬을 것이다. 이러니 오리온자리는 다른 별들을 찾는 길잡이가 돼주는 것이다.

성호 형이 화장실에 간 사이 나는 식물원을 거닐었다. 그때였다. 작은 가시나무 묘목이 불에 활활 타면서도 사그라지지 않았다. 그것이 말했다.

—신발을 벗어라. 이곳은 신성한 땅이다.

나는 신발을 벗었다.

—……당신은 누구십니까? ……해피 붓다?

—나는 나다.

—……저는 무능한 인간입니다.

—네가 나의 뜻대로 하면, 나는 네가 무엇을 가지지 않아도, 아무것도 원하지 않을 수 있는 마음을 줄 것이다. 자유를 줄 것이다.

—저는 힘이 필요합니다.

—내가 말하는 것이 힘이다. 그러면 힘을 가지게 될 것이다.

—저는 겁쟁이입니다. 그걸 감추고 있습니다.

—안다. 걱정하지 마라.

—도와주시겠다는 말씀입니까?

—나만이 아니라, 사람들이 다 안다. 네가 겁쟁이라는 거.

—…….

—인간은 전부 겁쟁이다. 아니라고 거짓말하는 놈들이 정말 큰 문제다.

—저는 죄인입니다.

—그것도 안다. 나만 네 죄를 다 안다.

—…….

—너는 죽을죄를 지은 게 아니다. 또한 죄가 없는 자들이 아무 짓도 하지 않고 가만히 앉아만 있다 한들 그들도 시간이 가면 자연히 죽게 돼 있다. 그러니 모든 인간들은 다 죽을 죄인이다. 게다가, 말이 그렇다는 소리지, 죄가 없는 인간은 있을 수가 없다. 보라. 살아 있는 한 무엇이든 하지 않을 이유가 없지 않으냐.

—저한테 왜 이러시는 겁니까.

—나는 네가 없으면 무능하기 때문이다.

—…….

—그래서 하는 말인데…….

—…….

성호 형이 화장실에서 되돌아와서 내게 한 말은 이것이었다.

"너 왜 신발은 벗고 있냐?"

"……."

"……너 요즘 정신과 진료는 잘 받고 다니는 거야?"

"……."

"……새끼가, 했던 소리 또 하고 했던 소리 또 하고…… 하긴 그 병이…… 너 거기서 주는 약 막 버리고 안 먹으면 안 된다…… 불쌍한 놈……."

"……형은 참 이상해…… 이상한 사람이야."

"……사실 그 약 먹으면서 술 마시는 것도 안 되는 거잖아. 음."

천랑성(天狼星) 시리우스는 태양과 비슷한 질량의 동반성을 가진 것으로 밝혀졌다. 그것은 대단히 작은, 엄청난 밀도의 백색왜성이다. 몸무게가 50킬로그램인 사람이 이 별에서는 250만 킬로그램이나 나가게 된다. 역사의 근처를 서성일 때, 자칫 인간의 운명 역시 블랙홀의 동그란 지평선을 따라 빛이 휘절되듯 그렇게 되기도 한다.

가룟 유다는 일종의 미스터리다. 인간의 자유의지와 신의 예정은 유다 안에서 정면으로 충돌한다. 이집트에서 발견된 고대 문서 하나가 최근에 새로 번역되어 유다에 관한 우리의 상상을 더욱 풍성하게 해주었다. 〈유다서〉는 유다의 관점에서 사건을 풀어나간다. 이 책이 주장하는 바, 예수는 하나님의 제물이 되기 위해 필요한 일을 유다에게 명령했고 유다는 그에 복종했다. 즉 유다는 예수의 가장 충성스러운 제자였기에 영원히 저주받을 운명을 순순히 받아들였다는 것이다. 하긴, 로마 군인들이 예수를 연행하려 할 때 베드로는 칼을 뽑아 대제사장 종의 귀를 베어 떨어뜨렸다. 예수가 말했다. 칼을 치워라, 베드로야. 내가 벗어나려고 한다면 천사의 군대를 불러 싸우게 할 수 없는 줄 아느냐? 하지만 나는 하나님의 계획을 따를 준비가 되어 있다. 예수는 그 종의 잘린 귀를 주워 다시 척, 붙여주었다.

니코스 카잔차키스의 《최후의 유혹》을 원작으로 삼은 마틴 스콜세지 감독의 영화 〈그리스도 최후의 유혹〉 속에서 예수는 골고다 언덕의 십자가에서 내려와 결혼도 하고 아이도 낳으며 살아간다. 그러던 어느 날 길을 가는데, 한 번도 본 적 없는 바울이라는 자가 자신은 예수를 직접 만나 거듭났노라 외치면서 전도 중인 것이다. 예수는 하도 기가 막혀서 그를 뒷골목으로 따로 부른다.

―이보쇼. 내가 예수인데. 당신은 왜 그런 사기를 치고 있는 거요?

그러자. 바울은 이렇게 말한다.

—당신이 진짜 예수라면 그냥 가던 길이나 계속 가시오. 지금 저들이 필요로 하고 있는 사람은 내가 말하고 있는 예수이지, 당신이 아니니까.

아, 이게 세상이다. 배신? 전향? 웃기고들 자빠졌네. 지금 내가 필요로 하고 있는 나는 너희들이 상상할 수 있는 그런 사람이 아니다.

무언가를 기다리는 일은 우리를 인간답게 만들어 준다. 그리고 사무엘 베케트의 《고도를 기다리며》는 대강 이렇게 끝난다. 소년이 와서 블라디미르와 에스트라공에게 고도는 오지 않는다는 소식을 전한다. 두 사람은 목을 매려다가 실패한다. 블라디미르가 말한다. 이러지 말고 내일 목을 매자. 고도가 오지 않으면. 에스트라공이 말한다. 만약 오면? 블라디미르가 말한다. 우리는 구원을 받는 거지. 그럼, 갈까? 에스트라공이 말한다. 그래 가자. 두 사람은 움직이지 않는다. 이윽고 막이 내린다.

나는 신을 모른다. 인간이기 때문이다. 다만 내가 아는 것은, 신이란 보통의 언어로 우리에게 다가오는 것이 아니라, 오로지 시적인 언어로만 표현이 가능하다는 것이다. 성경에서도 신은 모세 앞에 불타오르는 떨기나무로 나타났지, 제 얼굴을 생경하게 드러내지 않았다. 예컨대 신을 미학적인 측면에서 논해보자면, 너무나 아름다워서 더 이상은 아름다워질 수 없는 무엇이다. 돌아가신 내 어머니는 암 수술 직후에 예수가 백합꽃으로 나타났다고 말했더랬다. 나는 그것을 믿는다. 왜냐하면 그녀가 '신'을 본 것이 아니라 '시'를 보았기 때문이다. 백합꽃이라는 시 뒤에 숨은 신을 보았기 때문이다. 그래서 나는 그날 대낮 일산 식물원 안에서 내가 듣고 본 것을 믿는 것이다. 마태는 베드로가 예수를 따라 물 위를 걸었다고 증언한다. 그러던 베드로는 자기가 지금 무슨 일을 하고 있는지 자각했고, 그 즉시로 물에 빠졌다. 우리는 각자 자신을 잊어버리지 못하는 순간 물에 빠진다.

유대의 서기관과 바리새인들이 간음하다 적발된 여인을 예수 앞으로 끌고 와서는, 모세의 율법에 따르면 돌로 쳐서 죽이라고 하였으니 어쩌면 좋겠느냐며 예수를 시험한다. 이때 예수는 몸을 굽혀 손가락으로 땅바닥에 뭐라 끼적였다. 그리고 말했다. 너희 가운데 죄 없는 자가 먼저 나서서 저 여인을 돌로 치라. 예수는 다시금 몸을 굽혀 손가락으로 땅바닥에 또 뭐라 끼적였다. 저희가 모두 양심의 가책을 받은지라 슬슬 자리를 피해 사라지니, 나중엔 오직 예수와 여인만 남았더라. 예수가 일어나서 이르시되, 너를 고소하던 그들이 다 어디 있느냐? 너를 정죄한 자가 없느냐? 나도 너를 정죄하지 아니하노라. 나는 성경을 읽다가 가끔씩 못 견디게 궁금한 점들을 발견하곤 하는데, 그것들 중 나를 가장 괴롭히는 질문이 바로 이 장면 안에 들어 있다. 그때 예수는 두 차례 땅바닥에 뭐라고 썼을까?

나는 영화평론가 김봉석에게 전화를 걸었다. 우리의 정한심 양이 현 정부의 비밀기관에 체포 구금되었다는 비극을 전하기 위해서였다. 애초에 F형과 내게, 그녀가 여성지 연예부 기자를 때려치우고 《무장한 소녀를 위한 해방 저널》이라는 1인 제작 혁명잡지를 창간하기 위해 두문불출 중이라는 사실을 알려준 것은 그가 아니었던가. 나는 창고에서 꺼내 반짝반짝 닦아서 서재 벽에 기대어둔 긴 칼 말고도, 정한심 양을 구출하기 위한 작전을 도와줄 동지가 필요했다. 육체적으로 전혀 미덥지 않은 김봉석이지만, 좀비보다 못한 함성호보단 무조건 낫지 어쩌겠는가. 피는 내 손에 묻히고 똥은 그의 손에 묻히면서 진행하는 수밖에. 자고로 완벽히 준비된 전쟁이란 없는 법이다.

봉이 전화를 받자, 내가 말했다.

"형. 정한심 말이야."

"누구?"

"정한심."

"뭔 소리야. 나 지금 강의 들어가야 돼. 나중에."

봉은 일방적으로 전화를 끊었다. 매주 수요일과 목요일 저녁에 모 문화센터에서 글짓기 강좌를 맡고 있는 건 맞았다.

바울은 심한 간질병 환자였다. 그것은 그의 사업에 치명적이었다. 발작이 일어나서 설교가 중단되는 것도 문제이거니와, 거품을 물고 나뒹구는 모습을 신도들에게 보이는 것은 지도자의 카리스마에 큰 상처를 줄 수 있기 때문이었다. 그러나 박해자이자 살인자인 사울에서 거듭난 사도 바울은 자신의 간질병을 자신의 '가시'라고 부르며 그로 인해 겸손을 유지할 수 있어서 오히려 감사하다고 간증했다. 나는 공의로우신 하나님께서 영화평론가 김봉석에게도 조만간 그의 '가시'를 내리시길 정말정말 오랜만에 거룩한 우리 구주 예수님 이름 받들어 간절히 기도드렸다.

듣고 싶은 얘기 듣고 싶어서 점쟁이 찾아가는 식으로 살지는 말아야 한다. 우리 각자가 원하는 것은 이미 우리 각자 안에 다 들어 있다. 씨앗은 우주다. 너는 씨앗이다. 나는 씨앗이다. 쑥쑥 자라나자. 너와 나와 우주와 콩나무. 타인에 대한 연민을 바탕으로 말하고 행동하는 사람 안 믿는다. 자신의 자유를 바탕으로 말하고 행동하는 사람을 믿는다. 두고 보면 결국, 전자는 처음부터 아니었거나 변질되고. 후자가 정말로 타인을 (가능한 만큼 최대한) 자신처럼 대하는 것을 잘 알 수 있다. 속물로 살지 않는 것이 더 어려운 일일까? 자유인으로 사는 것이 더 어려운 일일까? 이 두 가지 질문 사이의 거리는 얼마나 먼 것일까? 이 두 가지 질문은 결국 하나의 질문인 것일까? 밤하늘의 별들을 바라다본다. 강과 바다는 멀다. 진정한 고독이란 무엇일까? 잉게보르크 바하만의 〈장미의 벼락 속에서〉를 몰래 입술만으로 읊지 않고 그냥 소리 내어 읊어보는 것은, 주변에 아무도 없어서이다. 내 안에 총상처럼 남아 있다고 해서 그러한 모든 것들이 내 어둠의 중요한 일이 되는 것은 아니다. 때로는 사랑 또한 그러하니 노래를 잃어서는 안 된다. 나는 간혹 내가 이 나라 모든 사람들의 이민족 같기도 하고, 멸종을 앞둔 네안데르탈인의 마지막 단 한 명 같기도 하다. 사랑이란, 우리의 희생이 저 어둠 속에 있는 풀벌레 한 마리조차 설득하지 못한다는 것과, 고통을 방관하지 않으면 도처에 순교자뿐인 사바에서는 자부심보다 더 슬픈 게 없음을 깨닫는 일이다. 인간은 목숨을 다해 노력하면 잠시나마 제 인생의 횃불이 될 수 있는 것일까? 당신과 나는 아무런 존중도 없이 일평생 자꾸 이름을 물어오는 저 배신과 전향의 올무와 덫을 자르고 바수어버릴 수 없는 것일까? 캄캄하지만, 어떤 알 수 없는 힘에 이끌려 오리온 대성운과 시리우스가 빛나고 있다. ……장미의 벼락 속에서 우리가 향하는 쪽으로 밤은 가시들에 의해 밝혀지고, 숲속에서 살랑거리던 나뭇잎의 천둥 소리가 지금은 우리 발자국을 좇는다…….

밤이 오는 동안
누가 가장 두려운가

맹독을 품은 뱀처럼 돼야겠노라고 다짐하는 것은 별로 유쾌한 일이 아니다. 하지만 살다 보면 스스로 자신을 지키기 위해 그럴 수밖에는 없는 경우가 더러 있게 마련이다. 도리가 없다. 모멸과 죽음보다는 차라리 자책이 낫기에 최대한 노력해서 될 수 있는 한 빨리 상황을 개선하는 게 상책일 뿐이다. 내 안에서건, 나의 외부에서건, 아니면 양쪽을 다 손보건 간에. 그것은 선(禪)일 수도 있고 협상이나 화해일 수도 있고 혁명일 수도 있으며 범죄일 수도 있다. 모든 것일 수 있고 아무것도 아닐 수도 있다.

나는 쨍쨍한 은빛 얼음 강 한복판에 고요하게 뚫린 쟁반만한 구멍을 떠올렸다. 지구의 중심을 지나 대척점(對蹠點)까지 이어진. 여기가 겨울이니 거기는 여름일 것이요, 여기가 낮이니 거기는 밤일 것이었다. 그리고 내 가슴에도 그것과 똑같이 아득하게 눈먼 구멍이 하나 나 있어서, 누군가 그 앞에 접이식 의자를 놓고 앉아 낚싯대를 드리우고 있다. 대충 이러한 장면이 내가 가끔씩 생각하곤 하는 나의 실존이다. 맹독을 품은 뱀처럼 돼야겠노라고 다짐하는 것은 별로 유쾌한 일이 아니다. 나는 그게 뭔지 잘 안다. 동지보다는 오히려 적(敵)이 중요하다는 사실, 나의 적이 나를 가르치고 일으키는 존재라는 사실에는 변함이 없다. 그러나 달라진 것이 있다. 예전에는 강하고 늠름한 적만이 나의 적이었는데. 그런 적이 아니면 아예 버러지 취급도 안하며 무시했었는데. 이제는 더럽고 무식하고 찌질하고 야비하고 멍청한 적도 참 좋다. 오히려 그런 버러지만도 못한 것들이 강하고 늠름한 적들보다 더 나를 가르치고 더 일으켜 세운다. 강하고 늠름한 적들보다 나를 더 게으를 수 없게 만들고 내게더 명쾌한 힘을 준다. 그냥 변화가 아니다. 변화의 변화, 저 쓰레기들은 나의 하나님이다. 나를 절망에서 구원해준다. 기쁨이 아닌 게 없다. 아이구 하나님, 감사합니다.

지난밤과 오늘 새벽 사이 내내 꿈을 꾸었다. 내 나이 서른다섯 살 무렵 갑자기 세상을 버린 솔이와 어디선가 옆모습으로 나란히 앉아 대화를 나눴다. 나는 내가 참 이상한 사람이라며 걱정을 하고 있었다. 현대무용가인 솔이가 그 길고 검은 머리를 쓸어 넘기며 나직이 말했다.

"괜찮아요. 나도 이상한 사람인데 뭐."

그 말은 맞는 말이었다. 갑자기 죽어버리는 사람은 이상한 사람이다.

문득 안개가 자욱하다가. 참을성 없는 토토가 먼저 집으로 가겠다며 없어졌는데, 집 철문이 잠겨 있다는 사실이 그제야 화들짝 기억났다. 나는 녀석이 유기견이 돼버릴 거라고 믿고 있었다. 미칠 것만 같았다. 나는 광장과 거리에서 토토를 목이 터져라 부르며 찾아 헤매 다녔다. 깨어나니, 몸은 철퇴처럼 무겁고 새로운 날이 침실 창에 하얗게 밝아 있었다. 화장장 화덕에서 방금 나온 반려견의 유골을 초고온에 기술 처리하여 가열하면 입멸(入滅) 다비(茶毘)한 스님의 사리와 비슷한 구슬 모양의, 이른바 '엔젤스톤'이 만들어진다. 나는 거실의 암막커튼을 열어젖혔다. 탁자 위에는 작년 여름 무지개다리 건너편으로 사라진 토토의 엔젤스톤 열한 개가 담긴 크리스털 함과 토토의 액자사진과 놋쇠촛대가 있다. 작은 초에 불을 켠 나는, 현실에서도 모자라 꿈속에서까지 괴로워야 하는 인생이 쓸쓸하였다.

당신은 아는가? 맹독을 품은 뱀처럼 돼야겠노라고 다짐하는 것은 지극히 외로운 일이다. 현실에서건, 꿈속에서건, 나는 스스로 자신을 지키고 싶다. 어느 누군들 이를 두고서 감히 욕심이라며 비난할 수는 없다. 스스로 자신을 지키는 건 고난에 대한 준법(遵法)이자 사랑의 염치이기 때문이다. 현실에서건, 꿈속에서건. 세상을 바꾸겠다고 나서는 사람들은, 적과 싸우다가 적을 닮아가는 자신을 가장 조심해야 하는 법이다.

언젠가. 솔이가 내게 말했었다.

"오빠. 저는요, 지금 제가 서 있는 여기의 대척점으로 가보고 싶어요. 거기에 나무처럼 조용히 오래 서 있다가, 서서히 춤을 추기 시작하고 싶어요. 다른 세상, 전혀 모르는 사람들이 오가는 그곳에서."

"……."

나는 인간들 중에 가장 착한 그 아이에게 무슨 말이든 해주어야 했지만, 그게 좀 어려웠다.

"……제 말이 유치했죠?"

"……그게 아니라."

"……."

"우리나라의 대척점은, 음."

"……."

"육지가 아니라, 바다야."

나는 천사보다 착한 그 아이에게 미안했다. 내가 너무 이상한 사람이라서.

이야기에는 원형(archetype)이 있는 경우가 있다. 신화처럼 스케일이 장대할수록 더 그렇다. 요컨대, 세상을 멸하는 대홍수 는 구약성서에만이 아니라 그리스 신화, 인디언의 전설, 수메르 신화 등에도 등장한다. 중국 신화에서는 대홍수가 휩쓸고 간 뒤 에 여와라는 여신이 인간을 창조한다. 고구려의 주몽과 신라의 박혁거세가 알에서 태어난 것과 같은 이야기는 동북아시아 곳 곳에서 찾아볼 수 있는 보편 신화일 뿐만 아니라, 오르페우스 교 신화에서는 아이테르와 카오스가 낳은 알을 깨고 나온 이가 광명의 신 파네스다. 오이디푸스 식의 근친상간 신화는 그리스 만이 아니라 이집트, 유럽의 게르만족 신화에서 두루 발견된다. 모세가 이스라엘 백성들을 이끌고 이집트를 탈출할 적에 파라 오의 군대를 등 뒤에 두고 홍해를 갈라 건너는 광경은, 장차 고 구려를 건국할 주몽이 오이, 마리, 협보와 함께 압록강 동북쪽 엄체수를 물고기와 자라 들이 떠올라 만들어준 다리를 밟고 건 너 동부여 금와왕의 맏아들 대소의 기마병들을 따돌리는 이야 기와 그 구조가 같다. 고대국가의 시조(혹은 그에 비견될 만한 위인)

들이 죽음의 궁지에서 상징적 기적을 통해 활로를 찾아 새로운 역사를 시작할 때 늘 발생하는 패턴인 것이다. 만약 이런 식의 예들을 일일이 들자고 덤비면 여러 날밤을 새워도 시간이 모자란다.

근본적으로, 한 사람이 무너지는 것과 한 사회가 무너지는 것과 한 나라가 무너지는 것은 다르지 않다. 나중에 역사라는 기계장치가 온갖 플롯과 의미 들을 갖다붙이고 각색을 해대서 그렇지, 기실 모든 사건과 사고의 한 무리란 술 취한 남자가 동네 개를 무는 것만큼 작든 블랙홀이 은하계를 잡아먹는 것처럼 크든 간에 죄다 블랙코미디의 외양을 띤 자연재해처럼 터지기 마련이다. 종말이 있다면 필경 그것도 그런 식으로 닥칠 게 빤하다. 나는 방금 이러한 문장을 썼다.

—너희 죄인들아. 곧 이 세계의 끝이 임하리니 한 나라와도 같은 방주를 만들어라. 그러면 길고 긴 비가 내리기 시작하는 그 전날 밤 내가 몰래 가서 싹 불태워버리리라.

이로서 그동안의 오해가 풀렸기를 바란다. 나는 이토록 진지한 사람인 것이다. 인생이여. 천국에서 사채놀이를 하고 지옥에서 개척교회를 열어도 제 맘이라지만, 아직 버젓이 살아 있는 나는, 좌우지간 몹시 우울하다. 그러니까, 죽을 땐 다 같이 죽는 거야. 오케이?

예수는 목수였다. 나무십자가에 못 박혀 죽었다. 어쩌면 자기가 만든 나무십자가였는지도 모른다. 칭기즈칸의 이름은 테무진이었다. 몽골어로 대장장이라는 뜻이다. 그 대장장이가 칼을 만들어 전사들에게 쥐어주었다. 그들은 단일하였다. 전원이 기마병이었다. 전 세계를 들판에 내려오는 밤처럼 휩쓸었다.

지금은 비록 잔뜩 뿔이 난 문어 먹물보다 어두워져버렸으나, 나라고 해서 처음부터 쓰레기와 악마 사이 어디쯤에 서식하는 인간쓰레기였던 것은 아니다. 나 역시 한때는 순수한 소년이었고 열정적인 청년이었다. 인간은 아무리 안 그러려고 발버둥 친들 태어나서 죽는 그 순간까지 줄기차게 더러워지다가 죽는 법이다. 그게 얼마나 심하면, 시골의 젊고 가난한 목수를 십자가에 못 박으면서까지 그에게 우리의 피보다 붉은 죄를 독박 씌웠겠느냐 말이다. 밤이 오는 동안 누가 가장 두려운가? 해피 붓다는 이 모든 시궁창들을 온전히 인정하라고 가르치신다. 하지만 그렇다고 해서 당신과 내가 더러움을 마시고 환한 연꽃으로 피어날 거라는 개소린 아니다. 다만 나는 나에게도 있었던 아름다운 시절의 긍지와 그 힘에 기대어 오늘 내 이야기가 짊어지고 있는 의무를 다하려 한다. 이 이야기 안에 그 어떤 비극의 원형이 도사리고 있다 할지라도.

구약성서에 나오는 골리앗을 물리치는 다윗의 이야기는 항상 마음을 풍요롭게 자극한다. 그 이야기 안에는 승리의 신비한 주술 같은 것이 깃들어 있다. 신과 인간의 관계에 대한 믿음과 인간의 용기를 실존이자 실증으로 체험케 하는. 살다 보면 한 번쯤 우리는 자신의 골리앗 앞에 홀로 마주설 때가 있기 때문이다. 그리고 원래 전쟁은 철학자가 일으키는 것이다. 논쟁이 아니라, 살이 녹고 피가 튀는 그런 국가 간의 전쟁 말이다. 날 욕할 게 전혀 없다. 플라톤이 한 소리니까. 그리고 혁명은 광야에서 고독하게 양을 치던 양치기가 일으키는 것이다. 이것 역시 욕할 게 없다. 내가 한 소리다.

이것은 《무장한 소녀를 위한 해방 저널》이라는 1인 제작 혁명잡지를 창간하기 위해 두문불출하면서도 항상 나를 멀리 숨어서 지켜보고 있는 정한심 양은 물론, 시인이자 건축가이자 혹세무민(惑世誣民) 전문 요설가인 함성호도, 실패한 마르크시스트 겸 오리무중의 요리사인 F형도, 만년 승진 누락 강력계 부패 형사처럼 생겨먹은 채 심드렁병(病)이 위독한 영화평론가 김봉석도 모르는 비밀로서, 1년 전쯤부터 나는 이 세계와 인류의 멸망을 해결할 수 있는 유일한 이야기를 책 한 권으로 집필 중이다. 그런데 문제는, 만약 이 원고가 악당의 손아귀에 들어간다면,

공상조차 버거운 비참한 파국이 벌어질 게 빤하다는 데에 있다. 나는 후회한다. 애초에 시작을 하지 말았어야 할 일이었다. 이게 다 '백가' 때문이다. 백가 그놈이 날 희번들한 금두꺼비로 인질 삼지만 않았어도 이런 골치 아픈 상황은 없었을 거란 말이다.

백가.

감기 걸린 곰 비슷한 분위기의 백가 놈은 '은행나무'라는 설렁탕집 이름을 달고 있는 출판사의 편집장인데 《도끼》라는 괴상한 문학잡지를 발간하고 있기도 하다. 어느 날 나는 우연히 십수 년 만에 합정역 부근에서 백가를 만나 단둘이 술자리를 갖게 되었고, 내가 구상하고 있던 '이 세계와 인류의 멸망을 해결할 수 있는 유일한 이야기가 담긴 책'에 관해 뭔가에 홀린 듯 털어놓다가(곰곰이 돌이켜보건대, 내가 화장실 간 사이 내 잔에 향정신성 약물을 탄 게 아닌가 싶은 강력한 의심이 든다.) 놈이 당장 가방에서 꺼내놓은 주먹만 한 금두꺼비를 계약금 삼아 그만 덜컥 출판계약을 맺고 말았던 것이다. 이후로 나는 두 달마다 한 번씩 백가에게 꼬박꼬박 그 책의 원고를 일정량씩 제출해야 하는 글 노예로 전락했다.

백가.

　사람들은 백가의 정체를 전혀 모르고 있다. 백가는 말세에 창
궐하는 요괴들 중 가장 악질에 속한다. 이것은 은유가 아니라
과학적 팩트다. 어이할꼬. 해피 붓다의 복음(das Evangeliums)
을 만방에 전하려니, 감당할 시련이 살을 뚫고 뼈에 사무친다.
삼장법사인 나는 손오공(함성호)과 저팔계(F형)와 사오정(김봉석)
을 이끌어 타클라마칸 사막을 건너고 파미르 고원을 넘어야 한
다. 그리고 그 불타는 철가시밭길에는 항상 저 백가와 같은 인
간과 마귀의 하이브리드가 안토니오 그람시의 진지전(陣地戰)을
펼치며 호시탐탐 치명적인 훼방을 놓는 것이다. 백가에게는 치
밀하고도 무시무시한 계획이 있다. 나로 하여금 '이 세계와 인
류의 멸망을 해결할 수 있는 유일한 이야기가 담긴 책'을 다 쓰
게 한 뒤 그것을 지옥의 대마왕에게 넘기려는 것이다. 그럼 인
류는 끝장이다. 오늘 아침에도 나는 백가의 전화를 받았다. 정
각 오후 3시에 이번치 원고를 받으러 날 찾아오겠다는 거였다.
나는 분노가 치밀었지만, 늘 가는 멧돼지 고깃집에서 혼자 낮술
을 마시고 있겠으니 맘대로 하라고 했다. 나는 지난 며칠간 숙
고 끝에 더 이상 이대로 지낼 순 없다는 결론을 내려둔 터였다.
이따가 백가 놈을 만나면 단 한 글자도 박혀 있지 않은 백지 뭉

치를 던지기로 한 것. 나는 책상 서랍 안에서 작은 칼을 꺼내 반짝반짝 닦아 점퍼 안주머니에 넣어두었다. 나의 칼, 나의 심장, 어떤 알 수 없는 힘에 이끌려 눈을 감으니, 장미의 벼락이 몰아쳤다. 그것은 폭력의 계절이 내게 다가올 때면 꼭 경험하게 되는 감각이잖은가.

백가.

놈의 뒷목덜미에는 '666'이라는 숫자가 새겨져 있다. 사탄의 수(數), 666.

1776년 미국독립선언. 1789년부터 1794년까지 6년간 프랑스혁명. 1848년 《공산당 선언》 출간. 1868년 일본 메이지유신. 이런 것들을 외워두면 입체적 독서에 상당한 도움이 된다. 나아가, 나는 숫자에 의미를 부여하는 놀이를 좋아한다. 에릭 아서 블레어(Eric Arthur Blair), 그러니까 조지 오웰(George Orwell)의 생일은 1903년 6월 25일이다. 그는 스페인 내전의 의용군이었다. 조지 오웰의 출생에는 내전과 국제전(한국전쟁)이 함께 스며 있는 것이다. 제1차 세계대전은 1914년 7월 28일 오스트리아가 세르비아에 선전포고를 하면서 시작됐고 1918년 11월 11

일 독일의 항복으로 끝났다. 제2차 세계대전은 1939년 9월 1일 독일의 폴란드 침공과 이에 대한 영국과 프랑스의 대독 선전포고로 발발하여 1945년 8월 15일 일본의 항복으로 종결됐다. 일제 군국 전체주의를 해부하고 비판한 세계적 정치학자이자 사상가 마루야마 마사오는 1996년에 작고했는데, 바로 그날이 일본 패망의 날짜 8월 15일이다. 소련에서는 1905년부터 1907년까지의 혁명을 제1차 러시아혁명이라고 하였고, 1917년 3월(구력 2월)과 11월(구력 10월)의 혁명을 전자는 '2월 혁명' 또는 '2월 부르주아민주주의혁명', 후자는 '10월 사회주의혁명'이라고 하였다. 이는 혁명 전 러시아에서는 16세기까지 유럽에서 쓰인 '율리우스력(Julian calendar)'을 사용했기 때문이다. 러시아는 오늘날 우리가 일반적으로 쓰고 있는 태양력인 '그레고리력(Gregorian calendar)'을 혁명 이후에 받아들인다. 율리우스력은 그레고리력보다 13일이 늦다. 따라서 본격적인 러시아혁명이 일어난 날짜들은 러시아 사람들에게는 1917년 2월 23일과 10월 24일이지만, 그레고리력으로는 각각 3월 8일과 11월 6일이 된다. 이렇듯 러시아가 구력과 신력의 차이를 설명하면서까지 '2월 혁명', '10월 혁명'이란 표현을 고집한 것에는 자신들의 혁명에 대한 자부심이 담겨 있다고 보아야 한다. 박정희의 생일이 1917년 11월 14일 아닌가. 러시아에서 '10월 사회주의혁명'

이 터지고 불과 8일 뒤에 태어난 것이다. 그 사내아이가 자라나 반공(反共)을 국시(國是)로 삼았다. 코뮤니즘의 제우스 카를 마르크스 박사님 생일은 5월 5일 '어린이날'이시다.

그리고 무엇보다. 대한민국의 대척점은 우루과이의 수도 몬테비데오 남동쪽 해상 '38°S, 52.5°W'이다.

종말, 종말 떠들어대다 보니. 내참, 추억 같지도 않은 추억이 약속 많은 사람의 옷깃을 잡아챈다. 1992년이었다. 나는 당시 독일 쾰른에 있었다. 무슨 공부를 했냐고? 맥주와 데킬라를 마시고 전위시를 쓰고 음대생들과 축구를 했다. 그런데 고국에서 기상천외한 난장판이 깔리고 있다는 소문이 유학생들 사이에서 번졌다. 1992년이면 인터넷 뭐 그런 것도 없었다. 국제전화도 비싸서 벌벌 떨던 그런 시대였다. 아무튼. 요는, 대한민국에서 휴거 소동이 났다는 거였다. 휴거(携擧, the rapture)란 죽은 성도들이 먼저 부활한 다음 생존해 있는 성도들이 공중으로 따라 솟아오르는 사건을 가리킨다. 이러한 성도들은 향후 지상에서 전개될 7년 대환란을 피할 수 있고, 나중에는 재림 그리스도와 더불어 다시 세상으로 되돌아와 천 년 동안 왕 노릇하게 된다. 이것이 이른바 '천 년 왕국'이다.

1992년 한국의 휴거 소동은 다미선교회라는 단체의 대표였던 이장림이라는 작자로부터 비롯됐다. 이장림은 본시 감리교에서 목사 안수를 받고(내 외증조부도 감리교 목사였다.) 미국 기독교 관련 서적들을 소개하는 일을 좀 하다가 〈요한계시록〉과 같은 각종 종말론들에 심취했다. 그 결과, 이장림은 '다가올 미래'의 약자인 '다미'를 명칭으로 삼은 '다미선교회'를 중심으로 이단종교를 만든다. 이 골 때리는 집단의 가장 중요한 특징은, 1992년 10월 28일 밤 정각 0시에 휴거가 시작돼 이후에는 적그리스도가 지배하는 종말이 도래한다는 믿음이었다.

인간들은 의식주 외에도 이념을 필요로 한다. 그런데. 그 이념들 중에 생명력이 있는 이념들이란, 사실은, 이념이라기보다는 일종의 '종교'라고 해야 맞다. 핵전쟁도 사실은, 전쟁학의 소관이 아니라 신학적(神學的)으로 접근해야 한다. 왜냐. 아직은 아무도, 어느 나라와 어느 나라도 핵전쟁을 실제로 경험하지는 못하였기 때문이다. 휴거처럼.

멧돼지는 무죄다. 멧돼지는 배가 고팠다. 멧돼지는 산에서 인간의 골목으로 내려와 인간의 마당과 주방을 뒤졌다. 할머니가 놀란 만큼 멧돼지도 놀랐다. 멧돼지는 천성대로 할머니를 들이받았고 할머니는 죽었다. 멧돼지는 거리에서 행인 몇을 더 해친

후 출동한 경찰과 엽사 들의 총탄 열여섯 발을 맞고 죽었다. 할머니가 불쌍한 만큼 멧돼지도 불쌍하다. 그 멧돼지는 암컷으로서, 갓 태어난 새끼 일곱 마리가 산속에서 울고 있었다. 19세기 유럽의 슬픈 동화 같은 이야기다. 멧돼지는 돌이라도 씹어 먹어서 젖을 만들어야 했다. 인간들이 멧돼지를 보기 싫어하듯 멧돼지라고 해서 인간들을 만나고 싶었던 것은 아니다. 그러나 만약 산속에 남겨진 새끼들 중에 단 한 마리라도 살아남는다면 녀석은 제 죽은 어미처럼 인간 앞에 나타날 것이다. 손 벌릴 곳이 악마밖에 남지 않는다면 인간이건 짐승이건 바로 그 순간 악마가 되고 마는 것이니까. 다만 명심할 것은, 짐승은 인간과는 달리 순리(順理)를 저버리지 않는다는 점이다. 인간이 이 세계의 순리를 망쳐버렸기에 짐승은 때때로 악마가 된다. 고로, 짐승의 악마도 인간이요 인간의 악마도 인간인 것이다. 내가 숯불에 멧돼지 고기를 구워 먹으며 소주 한 병을 거의 다 비웠을 때 백가 놈이 전화를 했다.

"4층 그 가게에 계신 거죠?"

"그래."

"지하 주차장입니다. 올라가겠습니다."

"……."

이것도 직업병이다. 나는 지나치게 안정적이거나 빈틈없이 차가운 사람을 보면. 도대체 어떤 상처를 받았었기에 저런 원칙 속에 자신을 가두었을까 하는 것을 궁금해한다. 사람은 참 변하지 않는다고들 하지만, 사람은 자신을 보호하기 위해 별짓을 다 하는 존재니까. 이러한 성향은 욕심이나 욕망을 뛰어넘는 것이니까. 이런 얘길 적어놓고 있는 이것, 어쩔 수 없는 직업병이다. 남들은 내가 얼마나 불편할까.

너무 많은 것들을 인간과 그 사회에 기대하지 마라. 그렇지 않으면 거짓과 위선에 물들어 지친 끝에 삶의 감동을 잃게 될 것이다. 이승은 모순과 허위로 가득 차 있다. 상처받을 일이 아니다. 그게 영원한 일상다반사인 것이다. 김종필은 모든 면에서 박정희보다 뛰어났다. 그러나 단 한 가지 점에서 박정희와는 상대가 안 됐다. '모순성.' 박정희의 어마어마한 에너지는 바로 그 모순성에서 튀어나왔다. 그러자 허위는 모순이라는 어미 캥거루의 주머니 안으로 쏙 들어가버렸다. 그 캥거루는 초원을 통통 튀어 지평선 너머로 사라졌다. 구텐베르크는 면죄부와 성경 때문에 명성을 쌓았다. 살아서는 면죄부를 다량으로 찍어서 구교로부터 총애를 받았고 죽어서는 성경 인쇄의 대중화로 인해 신교의 영웅이 되었다. 청년 간디는 힘의 논리를 앞세웠다. 그는 폭력 사용을 적극 지지했다. 힌두교도들의 이슬람교도들에 대한 잔혹한 보복을 주장했다. 농업 노동자들의 부당한 고통을 유감으로 여겼으면서도 토지개혁은 지지하지 않았다. 낮은 임금에 개탄했지만 산업 재분배에 대해서는 아무런 제안도 하지 않았다. 간디는 현대 의학을 혐오했다. 그의 아내가 폐렴에 걸렸을 적에 영국인 의사들이 그녀에게 페니실린 주사를 놓는 것조차 허락하지 않았다. 결국 그의 아내는 죽었다. 그러나 간디는 자신에게는 너무도 관대했다. 그는 아내가 죽은 뒤 얼마 안 돼, 학질을 심하게 앓았다. 그때 그는 그토록 혐오했던 영국인 의사에게 자신의 치료를 부탁하면서 말라리아 특효약인 키니네를 투약하도록 허락했다. 또한 장염에 걸리자, 영국인 의사에게 수술까지 받았다. 진짜진짜 대박인 것은. 아내와는 어느 시기부터 아예 성관계를 안 했던 간디가 성적 욕망을 억제하는 스스로를 시험하기 위해 밤에 젊은 여성을 옆에 재웠다는 점이다. 어린 여성이 그 괴팍한 늙은이의 금욕주의 실험대상으로 전락했던 것이다. 미친 것 아닌가? 그는 인도의 최하층 계급 인민들에 대한 박해를 비난했지만 카스트 제도는 수용했다. 간디의 도덕관은 인도 대륙의 도덕관을 극복하지 못했다. 나중에 그는 힌두교도와 이슬람교도가 하나 되기를 간절히 소망하기는 했다. 하지만 정작 자기 아들이 이슬람 여성과 결혼하겠다는 것을 한사코

반대해 종교간 화해를 기원했던 많은 이들을 실망시켰다. "나는
어떤 방법으로든 백인과 흑인이 정치적으로 평등하게 되는 것
을 찬성하지 않으며, 찬성했던 적도 없다"라고 링컨은 말했다.
미국의 남북전쟁은 남과 북의 경제 주도권 싸움이 핵심 원인이
었다. 이들에 비한다면 천도교의 시조 수운(水雲) 최제우는 자신
의 두 몸종을 면천시켜줬을 뿐 아니라 그중 하나는 수양딸로 다
른 하나는 며느리로 삼았다. 수운은 당시를 말세로 인식해 개벽
(開闢)을 주창했다.

　네안데르탈인에게는 병자에 대한 배려가 있었다. 마흔 살쯤
돼서 죽은 이의 뼈가 발견되었는데. 관절염을 앓고 있었고 성
장이 멈춘 한쪽 팔이 팔꿈치 아래서 단절돼 있었다. 그러나 그
는 주변의 보살핌을 받아 무사히 성인에 도달돼 있었다. 게다가
현저하게 치아가 닳아 있어서 이는 아마도 한쪽 손이 없는 것
을 벌충하기 위해 치아를 사용하였기 때문이었거나, 아니면 친
구들이 그를 불가에 앉히고 무언가 치아를 사용해서 할 수 있는
일을 마련해주었기 때문이 아닐까 짐작된다. 네안데르탈인은
죽음을 이해하고 사후세계를 믿었다. 깊은 고랑 안에 우반신을
밑으로 하고 무릎을 접은 형태로 눕혀진 소녀의 무덤에는 야생
화가 뿌려져 있었다. 그들은 꽃을 사랑한 최초의 사람들이었다.
네안데르탈인은 크로마뇽인들에게 학살돼 멸종됐다. 우리의 직

계 조상이 그렇게 한 것이다. 구약성경은 진리를 말하고 있다. 우리는 '카인의 후예'다.

우리는 자신의 완강함이 타인에게 얼마나 큰 상처를 주는지 자각하지 못한다. 그 타인 안에는 심지어 애인도 들어 있고 가족도 들어 있다. 그런데 세상과 인생은 자꾸만 우리에게 완강하지 않으면 살아남지 못한다고 말한다. 우리는 완강함에 중독되어 있다. 정말로 우리는 완강하지 않으면 살아남지 못하는가? 예외와 신념을 갖춘 투쟁은 진정 불가능한 것일까? 사람들은 자꾸 귀에 다가와 속삭인다. 완강하지 않으면 너는 패배자가 될 거라고. 자신의 완강함으로 인하여 애인과 가족조차 작거나 크게 희생시키고 있다는 사실조차 모르는 우리들에게 말이다. 때로는 방법이 본질을 규정하고 구원한다. 무엇이 완강함을 극복한 진정한 강함이고 무엇이 완강함에 갇힌 사악한 어리석음인지는 잘 모르겠으나 지금 이것만은 잘 알겠다. 우리는 자신을 생각할 적에 기쁨만큼이나 '괴로움'이 있어야 한다. 그것이 올바른 삶의 길이고 아름다운 인간이다. 주여, 우리로 하여금 스스로의 완강함을 생각할 수 있는 시간을 허락하시고 기도 속에서 괴로움을 잃지 않게 하소서. 아멘.

한국의 휴거 소동은 서울 올림픽역도경기장에서 다미선교회와 다른 단체들이 회합하면서 절정으로 치닫는다. 휴거를 믿는 청소년들의 가출이 잇따르고 부산에 거주하는 한 가정주부가 남편에게 "10월 28일 휴거를 앞두고 세상이 싫다. 666 바코드가 시행되면 가족들이 하나님의 뜻에 따를 수 있도록 해달라"라는 당부를 남기고 자살한 것을 계기로 경찰당국은 1992년 9월 24일 이장림을 전격 체포한다.

백가 놈이 가게 문을 열고 저벅저벅 들어오더니, 내 앞자리에 앉았다.

"……형님. 원고 주시죠."

"……."

나는 놈에게 백지 뭉치를 건넸다. 모멸과 죽음보다는 차라리 자책이 낫기는 나은 걸까? 나는 혼란스러웠다.

드디어 1992년 10월 28일. 서울 마포구의 다미선교회 본부에서는 밤 9시부터 본격적인 행사가 펼쳐졌다. 미국, 일본, 캐나다 등지에서 온 5백 명을 포함해 1천 5백여 명 정도의 성도들이 후끈 달아오를 무렵, 형광등 불빛 속에서 나방 한 마리가 날아올랐다. 그러자, 한 성도가 벌떡 일어나 외쳤다.

"나방이 휴거되고 있다!"

백가는 백지 뭉치를 곰곰이 살피고 있었다. 나는 점퍼 안쪽에

오른손을 넣어, 잘 벼려진 작은 칼의 손잡이를 매만졌다. 백가 놈의 목을 따버림으로써 나의 업보를 끊어야겠다는 결심을 행동으로 옮길 작정이었다.

그런데.

"……아. 이번 원고 좋네요, 형님."

"뭐? ……뭐라고?"

"고생하셨어요. 내일 더 자세히 읽어보고 모니터링해드릴게요. 저 얼른 인쇄소 가봐야 해서요.《도끼》마감 때문에. 담주에 술한잔합시다."

백가는 나방의 휴거를 바라보는 성도처럼 벌떡 일어나서 백지 뭉치를 가방에 넣고는 꾸벅 인사했다.

"이 독사의 자식아!"

나는 놈의 등 뒤에 소리쳤다. 백가는 깜짝 놀라 뒤돌아보았다.

"네?"

"너, 해피 붓다를 아나? 그분을 아나? 너도?"

"……."

"……."

"……여기까진 제가 계산하고 가요. 더 드시다가 집에 가서 좀 주무세요."

"……."

그날 밤 나는 꿈을 꾸었다. 나는 쨍쨍한 은빛 얼음 강 한복판에 고요하게 뚫린 쟁반만 한 구멍을 들여다보고 있었다. 지구의 중심을 지나 대척점(對蹠點)까지 이어진. 여기가 겨울이니 거기는 여름일 것이요, 여기가 낮이니 거기는 밤일 것이었다. 그리고 내 가슴에도 그것과 똑같이 아득하게 눈먼 구멍이 하나 나 있어서, 누군가 그 앞에 접이식 의자를 놓고 앉아 낚싯대를 드리우고 있다. 그가 고개를 돌려 나를 보았다. 그는 다름 아닌 바로 나 자신이었다. 그리고 어둠이 있었다. 솔이가, 인간들 중에 가장 착한 솔이가, 천사보다 착한 그 아이가, 파도 치는 바다 위에서 길고 검은 머릿결을 바람에 적시며 아름다운 춤을 추고 있었다.

악당은 천사보다
연구할 가치가 있다

오후 2시가 조금 넘어서야 눈을 떴다. 마치 죽었다 깨어난 느낌이었다. 침대에 누운 채로 마주 보고 있는 천장 벽지를 가득 채운 삼각형 무늬들이 희미하다가 차츰 선명해졌다. 현실에 무슨 미스터리한 굴절과 착종이 발생한 게 아닐까? 그 하루의 나머지 시간 중 어느 한순간에 별안간 내가 4차원 세계 너머로 쑤욱— 빨려들어 사라진다고 해도 전혀 어색하지 않을 것 같았다.

미열 있는 몸을 억지로 이끌고 거실로 나와 커피머신에 진한 커피를 내리며 TV를 켰더니, 꼭 얍삽한 화성인처럼 생겨먹은, 이 나라와 이 시대를 대표하신다는 어느 지식인께서 음식물 쓰레기보다 더 역겨운 정치 시사 예능 프로그램 재방송 안에서 매우 정교하게 절대 정확하지 않은 개구라를 여전히 아무런 죄책감 없이 열라 풀고 계셨다. 내가 인류의 캄캄한 미래에 관하여 격하게 걱정하느라 돌아버릴 지경으로 바빠서 그러는데, 어디 강직하되 직업은 없는 양반 좀 있거들랑 저 면상에 방탄복을 잘라 꿰매 붙인 셀렙이 오래전부터 지금껏 온갖 똥폼들을 다 잡으며 철없이 진단하고 엉터리로 예측한 것들을 일목요연하게 정리해 옛 공중전화 박스 전화번호부 두께로 출간해준다면 정말 고맙겠다 싶었다. 저런 요물이 양심적 지식인? 은하계가 요절복통할 일이 아니고 대체 뭐란 말인가. 증오가 조작되는 시대보다 존경이 조작되는 시대가 더 사악하다. 그토록 돈이 많으면서 감옥에서 사는 것들보다 더 한심한 것들이, 그렇게 공부 많이 했다면서 입에 개소리를 달고 다니는 것들이다.

심보가 못된 자와 무식한 자 둘 중에 누가 죄를 더 세게 많이 저지를까. 아마도 이것은 영원한 논쟁거리일 것이다. 그렇다면 이런 질문은 어떤가. 심보가 못된 권력자와 무식한 권력자 둘 중에 누가 죄를 더 세게 많이 저지를까. 아마도 우리에게 이것은 논쟁거리가 될 수 없을 것이다. 우리의 최고 권력자들은 다 무식했기 때문이다. 배운 놈이 더 한다는 소리가 있지만 무식하다는 것은 정말 무서운 일이고 그중 가장 무서운 일은 어설프게 유식한 것이다. 무식한 최고 권력자가 어설프게 유식한 것들에게 둘러싸여 있으니 죄의 도가니가 들끓는 것이다. 그리고 그것은 곧 세상의 심보가 된다. 사람들은 정말 원래 악해서 죄를 저지르는 것일까? 그것까지는 잘 모르겠지만. 무지와 세계관의 한계가 한 사람과 한 세대로 하여금 죄를 저지르게 하는 것은 맞는 거 같다. 우리가 공부해야 하고, 그래서 자꾸 변하며 발전해야 하는 까닭은 '착하지만 끔찍한 죄인'이 되지 않기 위해서인지도 모른다. 사람들은 우리 스스로가 생각하는 것과는 달리 원래는 착한지 모른다. 슬픈 성선설(性善說). 우리가 다 동시대인이라고 생각하는 것은 착각이다. 우리는 그저 한동안 함께 살아 있을 뿐이다. 시대는 인간들의 외부에서 모든 인간들을 감싸고 있는 게 아니라. 인간들 저마다의 내부에서 저마다 다른 모습으로 존재한다. 그래서 우리가 우리의 분란(紛亂)을 이해 못하는 것이다.

인간은 자신이 무지하다는 사실을 알아차리기 싫어한다. 그것보다 더 큰 공포가 없기 때문이다. 자고로 악한 자들이 저지르는 죄보다 무식한 자들이 저지르는 죄가 훨씬 더 무겁고 무서운 법. 무식한 자들의 대부분은 선한 사마리아인의 가면을 뒤집어쓰고 있으며 자신조차 그 사실을 모르고 있는 경우가 허다한 까닭에 이 악마성에는 본디 브레이크가 없다. 악보다 악한 게 위선이고, 엄밀히 따지자면 위선도 무식인 것인데, 그런 것들조차 신념이니 이념이니 교양이니 하고 대접해주는 끔찍한 시공간이 바로 이 지옥과도 같은 '이상한 나라'인 것이다. 여기는 지식인들에게 지옥인 사회가 아니라, 무식한 지식인들이 지옥으로 리모델링해 포주 짓을 일삼으며 관리 감독하는 사회다. 더럽게 유치찬란한 사기도 족족 치는 대로 잘 넘어가주니까 계속해서 쳐대는 게 아니겠나? 난세란 무엇인가? 악당이 분명한 시절이 아니라, 사이비 사도(師徒)들이 사방팔방에서 설치고 득세하는 시절이 난세다. 그래 뭐, 희망 없는 세상 너도 나도 공갈에 중독돼 버티는 게지. 이글이글 활활 아수라 불구덩이 속에서 사글세를 살아도 내 난방비 남이 내주는 거 아니고, 천당에서 빌딩을 백 채 넘게 소유하고 있다 한들 옥황상제한테 몰수 안 당하려면 간간이 삥 뜯기는 정도 눈치는 기꺼이 봐야 하느니. 하지만 질이 나쁜 것들은 제아무리 머리가 뛰어나도 종국엔 왕창 들통이 나게 돼 있는 법. 왜냐. 극단적으로 이기적이기 때문에 자기가 굴리고 싶을 때만 뇌를 사용하거든. 언젠가는 벌을 받겠지. 혹세무민하면서 정의롭고 지혜로운 척한 천벌을. 악당은 천사보다 연구할 가치가 있다.

여성지 연예부 기자를 때려치우고 《무장한 소녀를 위한 해방 저널》이라는 1인 제작 혁명잡지를 창간하기 위해 두문불출 중이던 정한심 양은 '그림자 정부(政府)'에 의해 서울 모처의 안전가옥에 납치 구금돼 있다. 내가 이 사실을 알게 된 것은, 승진 누락이 고질인 강력계 부패 형사처럼 생겨먹은 영화평론가 김봉석과 함께 그와 내가 공동 제작할 영화 〈몬스터 투게더〉에 대해 논의하며 한 달하고도 사흘 동안 만주 일대를 여행하고 귀환한 그 이튿날이었다. 우리는 옛 군국주의 일본의 괴뢰국이었던 만주국(滿洲國)의 수도 신경(新京)이던 길림성의 장춘을 지나서 요녕성, 흑룡강성 등 중국의 동북 지방을 두루 돌아다니며 우리가 원하는 '만주적 상상력'을 추적해나갔더랬다.

그러던 어느 날 밤. 여독에 지쳐 잠들어 있던 한 허름한 여관 방 안에서 야릇한 느낌에 깨어났을 때 나는 너무 놀라 소리조차 지르지 못했다. 영화평론가 김봉석이 반은 물에 젖고 반은 피에 범벅이 된 채로 묽은 어둠 속에 우두커니 서 있었기 때문이다. 봉이 왼손에 꽉 쥐고 있는 것은 만주에 서식하는 '요괴의 꼬리'였다. 심심하고 적적해 혼자 술을 마시러 밖으로 나갔던 봉은 안개가 자욱한 저잣거리의 뒷골목에서 요괴와 단둘이 마주쳤던 것이다. 그 요괴는 인간을 몹시 혐오하고 증오하는 나머지 인간을 잡아먹지는 않는 대신 한 인간에게 착 달라붙어 그가 죽을 때까지 죽도록 괴롭히는 요괴였다. 봉은 요괴와 사투를

벌였고, 도중에 휴대용 스위스 칼로 놈의 꼬리를 잘라버렸던 것이다. 과연! 나는 진정 감탄했다. 굼벵이도 뒹다마 까는 재주가 있다더니, 역시 봉은 델몬트 따봉, 동북아시아 최강 또라이였던 것이다. 자신을 악기(樂器)로 만드는 자에게 복이 있나니. 인간의 어둠이 그의 선율이 될 것이요, 자신을 무기(武器)로 만드는 자에게 복이 있나니. 어두운 길에서 그가 등불이 되어 전진할 것이다!

제국주의 일본의 관동군(關東軍)이 1931년 9월에 만주사변을 일으켜 중국 북동부를 점령한 뒤, 1932년 3월 1일 세웠던 괴뢰국 만주국. 청나라의 마지막 황제 푸이[溥儀]가 그 전대미문의 나라의 꼭두각시 왕이었다(1987년 시인이자 영화감독인 베르나르도 베르톨루치는 푸이를 주인공으로 영화 〈마지막 황제〉를 세상에 내놓았다). 서구문명을 다른 동아시아의 나라들보다 백 년 앞서 받아들여 근대화를 성취했던 일제는 광활한 만주에 자신들이 원하는 계획 국가를 마치 건축가가 종이모형으로 도시를 미리 만들어보 듯 실제로 건설해나갔다. 만주국은 일본인들이 꿈꾸는 지독한 모더니즘의 실험이자 요체였던 것이다. 그러나 한편 만주는 그러한 만주국의 모더니즘과 상충하는 황량하고 무계한 것들이 창궐하는 곳이었기에 공포와 혼돈이면서 동시에 기회의 땅이기도 했다. 천사 같고 악마 같고 괴물 같은 인간들이 저마다의 사연과 욕망을 품고 시체에 꼬여 부글거리는 버러지들처럼 만주로 몰려들었다. 만주는 동양의 미대륙 서부였던 것이다.

봉과 나는 당시의 만주를 영화로 그리려고 했던 게 아니었다. 우리는 어떤 만주적인 에너지와 아우라를 평범한 사람의 상상력으로는 상상이 불가능한 이미지와 힘으로 표현해내고 싶었다. 알아먹지 못할 개소리라고 비난한들 상관없다. 그리고 급기야 봉은 바로 그곳 만주에서 이 대명천지 21세기에 요괴와 일전을 벌이다 급기야 요괴의 꼬리를 손에 넣게 되었던 것이다. 그것을 봉은 검은 비닐봉지로 싸매고 싸매 제 보조가방 안에 보관했다.

"요괴는 죽었어?"

"도망쳤어. 멀리. 안개 속으로."

내가 요괴의 꼬리를 한 번만 더 만져보게 해달라고 간청했으나 봉은 냉정하게 거절했다. 굵은 철조망처럼 차갑고 까끌까끌한 그것은 별 모양의 머리가 달린 뱀 같았다.

진실이 중요한 것인가. 매혹이 우선인 것인가. 인간을 해치지 않는다는 것이 진실과 매혹의 공동 하한선일까? 매혹이 없는 진실에 무슨 성과가 있을 것이며 거짓인 매혹에 무슨 가치가 있을 것인가? 진위를 개의치 않는 게 매혹의 진실이며, 진실은 매혹을 경계하여 제 본체를 사수한다. 진실은 완고하고, 매혹은 흔들린다. 궁극적으로 인간을 해치지 않는 진실과 매혹은 없다. 선택이고 대가가 따를 뿐이다. 진실과 매혹의 혼합 비율마저도. 사랑에 대해 질문한다는 것은 인생과 죽음에 대해 질문한다는 것이며, 신에 대해 질문하는 것은 사랑에 대해 질문하는 나를 포기하지 않는 것이다. 세상을 살다 보면, 왜 이런 일이 하필 나한테 벌어졌나 싶은 경우가 있기 마련이다. 그것을 그냥 눈감고 넘길지 아니면 맞서 싸워야 할지 선택해야만 하는 그런 일들. 전자를 택하면 나와 내 직업군의 자존심은 훼손되지만 대신 몸은 편하고 후자를 택하면 나와 내가 속한 직업군의 자존심을 지킬 수는 있으되 내 몸과 나를 둘러싼 상황들이 극도로 나빠지는 일. 많이 내려놓고 포기하고 일부러 좌절하게 되는 일. 얼마 전에는 성호 형이 내게 이러더라.

"왜 너한텐 그런 일이 자주 일어나냐?"

동감이다. 나도 원망스럽다. 속이 상한다. 피곤하다. 하지만 나는 전부 다 싸우는 쪽을 선택하며 살아왔다. 그리고 이 말만은 꼭 기록으로 남기고 싶다. 이럴 때 가장 괴롭고 힘든 것은, 싸워야 하는 대상이 아니라, 싸우는 나로 인하여 마땅히 자신들이 해야 할 일이 몇 개 더 늘어난 것을 불평하고 또 싸우는 나를 비난하는 '인생 관료주의 중독자'들이다. 인간들 대부분의 내면은 자유인이 아니라 관료주의자인 것이다. 아마 나도 그러할 것이다. 어쩔 수 없는 인간이므로. 그러나 나는, '어느 한두 가지'에 있어서만큼은 절대로 그럴 수 없다. 나는 살아 있어도 죽은 목숨으로 살기는 싫기 때문이다.

"죄송해요. 제가 머리가 아파서 죄송해요. 우주의 목소리가 들려서요. 죄송해요."

봉과 내가 만주로 떠나기 일주일 전쯤이던가. 우주소년이 홀연 내 앞에 다시 나타났다. 전동휠체어에 앉아 있는 그는 왼쪽 다리가 무릎 부근까지 잘려나가 있었다. 우리가 인생을 살면서 모든 것을 다 알 수는 없다. 어떤 알 수 없는 힘에 이끌려 우주의 비밀 속으로 각자 휩쓸려 들어갈 뿐. 우주소년은 내게 이러한 글이 적힌 쪽지를 주고 갔다.

─정한심 양이 갇혀 있어요. 그들에게 잡혀 있어요. 빠져나올 수 없어요. 누구에게도 이 사실을 말해선 안 돼요. 선생님이 꼭 혼자 가서 구출해야 합니다. 안 그러면 정한심 양은 불타 사그라질 겁니다.

그리고 그는 예의 이런 말을 거듭 남겼던 것이다.

"죄송해요. 제가 머리가 아파서 죄송해요. 우주의 목소리가 들려서요. 죄송해요."

나는 엉겁결에 대답하고 말았다.

"……아, 아닙니다. 제가 죄송합니다."

당연히 나는 뭐든 더 물어보려고 했지만, 어느새 벌써 우주소년은 전동휠체어를 타고 빌릴리 빌릴리 피리를 불며 부우웅─멀어지고 있었다.

우선적으로 적에게는 이념을 보여주는 게 아니라 공포를 안겨줘야 하는 거라고요. 날 건드리면 지옥의 뚜껑이 열린다는 공포. 일단 그럼, 뭐든 보람 있는 일을 시작할 수 있죠…… 나는 언젠가 정한심 양이 내게 담요에 화투짝 툭 던지듯 건넸던 가르침을 떠올렸다. ……《무장한 소녀를 위한 해방 저널》이라. 장총을 옆에 메고 기러기 무리가 달을 스쳐 지나가는 가을의 지붕 위에서 트럼펫을 부는 소녀의 이미지가 내 머릿속에 그려졌다. 저 소녀는 누구를 쏴 죽이고 싶은 것일까? 나는 무슨 수를 써서라도 정한심 양을 도와야만 한다. 하지만 어디에 있는지도 모르는 정한심 양을 어떻게 구해낸단 말인가. 더구나 그림자 정부, 그 막강한 어둠의 세력을 상대로 나처럼 작고 나약한 일개 시인이 대체 무슨 수로.

악당은 천사보다 연구할 가치가 있다. 《손자병법(孫子兵法)》에서는 망하는(패배하는) 군대(이것을 모든 것들의 메타포라고 보아도 좋다)의 사례들을 모두 여섯 가지로 나누어 제시한다. 그런데 참 재밌는 것은, 그 여섯 가지 전부가 군대 내부의 문제이지 군대 외부의 적과는 관련이 없다는 점이다. 《손자병법》, 이 딱 6천 자로 되어 있는 전쟁에 관한 성경은, 우리가 우리의 내부에 저지르고 있는 수많은 패악과 저주 들의 대가는 반드시 죽음과 노예가 됨으로 치르게 될 것임을 경고한다. 한 지도자의 무지와 어리석음이 그 개인의 무지와 어리석음인가 아니면 그가 속한 시대(혹은 세대)의 무지와 어리석음인 것인가에서, 비교할 수 없이 위태롭고 절망적인 경우는 당연히 후자이다. 우리의 지도자는 누구인가? 어디서 무엇을 하고 있는가? 내가 그 지도자로서의 짐을 짊어져야 한단 말인가?

남자는 어리석은 동물이다. 누군가를 지켜줄 때조차. 전투와 전쟁을 망치는 가장 어리석은 요소는 아이러니하게도 호승심이다. 그것이 자신과 아군과 모든 것들을 망친다, 더럽고 비참한 패배를 야기한다. 호랑이 등 위에 올라탄 인간들이 득실득실한 세상이다. 정작 자신은 그 사실을 모른 채 곱게는 못 죽을 것들, 싹 다 하나도 안 불쌍하다. 타인과 자신을 비교하는 것은 자신에 대한 점검과 반성으로만 사용해야 한다. 자만은 똥통이고 열등감은 그 똥통에 빠져 가라앉는 짓인 것이다. 나는 이미 적보다 도덕적이고 늠름하다, 나는 지더라도 이미 적을 이겼다, 라는 과학적 확신과 자존심이 없다면, 싸움은 이미 해보나 마나 기껏해야 오리무중일 것이다. 우리는 패배하려 숨 쉬고 있는 게 아니다. 승패는 이미 우리의 가슴 안에 있다. 그리스도가 되기 싫은 나는 정령 그리스도인가? 아니다. 나는 예수가 아니며, 예수처럼 살기도 싫다.

—인간은 모두가 강하다. 그런데 인간은 모두가 약하다.

이것이 내가 적을 얕보지 않고 동지를 사랑하는 방법이다. 인간이라면 지옥에서 살아가야 한다. 사는 맛은 역시 지옥에 있으니까. 예전부터 늘 궁금해하던 것이 하나 있다. 주로 겉으로 봐선 부족한 게 별로(혹은 절대) 없는 거 같은 인간들이 꼭 자살을 한다. 곤궁하거나 전쟁터에 있거나 탄압받거나 하는, 어쩌면 그 모두인 자들과는 비교가 안 될 만큼 더 많이. 신에게 징병당하기 싫은 나는, 결코 예수처럼 살지 않을 것이기에 자연히 그리스도이길 거부하노라. 아멘.

—정한심 양이 갇혀 있어요. 그들에게 잡혀 있어요. 빠져나올 수 없어요. 누구에게도 이 사실을 말해선 안 돼요. 선생님이 꼭 혼자 가서 구출해야 합니다. 안 그러면 정한심 양은 불타 사그라질 겁니다.

이러니 나는 벙어리 냉가슴이 될 수밖에 없었다. 그날 이후로 시인이자 건축가 함성호에게도, 영화평론가이자 만주요괴 꼬리의 임자인 김봉석에게도, '몽유병의 여인'에서 F형을 만나도, 도저히 나로서는 정한심 양의 위기에 관해 단 한마디도 꺼낼 수가 없었던 것이다. 이제 정한심은 한심한 내 우주의 비밀이 돼버리고 말았다. 40년 동안 광야에서 양치기로 지내다가 하나님과 마주쳤던 모세의 심정이 이랬을까? 나는 깊은 우울에 잠기고 있었다.

다만. 백가. 사람들은 백가의 정체를 전혀 모르고 있지만, 백가는 말세에 창궐하는 요괴들 중 가장 악질에 속한다. 놈의 뒷목덜미에는 '666'이라는 숫자가 새겨져 있다. 사탄의 수(數), 666. 감기 걸린 곰 비슷한 분위기의 백가 놈은 '은행나무'라는 설렁탕집 이름을 달고 있는 출판사의 편집장이다. 백가라면 정한심 양에 대해서 뭔가를 알고 있지 않을까? 그래서 지하철 합정역 부근 찻집에서 백가로부터 문학잡지 《도끼》의 연재원고 마감을 독촉받고 있던 내 심경은 유달리 복잡했다.

"레드 제플린의 〈Stairway to Heaven〉에는 사탄을 향한 신앙고백이 암호처럼 거꾸로 녹음돼 있지. 노래를 거꾸로 들어보면, '들어라. 우리는 그곳에 있었다. ……왜냐하면 나는 사탄과 함께 살기 때문이다. 나는 나의 주님으로부터 달아날 수 없었다. 나의 사랑하는 사탄, 다른 어떤 이도 길을 만들지 않았다'는 메시지가 흘러나오는 것이다. 비틀즈의 〈Revolution No.9〉에는 '죽은 자여 나를 흥분시켜라'는 문장이 숨겨져 있는데 여기서 'dead man'은 물론 그리스도에 대한 천박한 조롱인 것이고."

내가 요괴 백가의 속을 떠보고자 이런 말을 늘어놓자, 놈이 되물었다.

"그런 걸 글로 쓰려는 거예요? 이번 연재분은 중요한 국면인데……."

내가 어쩌다가 두 달마다 한 차례씩 저 사탄만큼 악랄한 녀석에게 꼬박꼬박 나의 이 고귀한 영혼을 적어다가 바치는 글 노예로 전락하고 만 것인지. 왜 이 사바에서는 이러한 어두운 일들이 자꾸 끊임없이 일어나는 것일까? 이는 수사학이 아니라 과학적 팩트다. 어이할꼬. 해피 붓다의 복음(das Evangeliums)을 만방에 전하려니, 감당할 시련이 살을 뚫고 뼈에 사무친다. 삼장법사인 나는 손오공(함성호)과 저팔계(F형)와 사오정(김봉석)을 이끌어 타클라마칸 사막을 건너고 파미르 고원을 넘어야 한다. 그리고 그 불타는 철가시밭길에는 항상 저 백가 놈 같은 요괴의 하이브리드가 안토니오 그람시의 진지전(陣地戰)을 펼치며 호시탐탐 치명적인 훼방을 놓는 것이다. 백가에게는 치밀하고

도 무시무시한 계획이 있다. 나로 하여금 '이 세계와 인류의 멸
망을 해결할 수 있는 유일한 이야기가 담긴 책'을 다 쓰게 한 뒤
그것을 지옥의 대마왕에게 넘기려는 것이다. 그럼 인류는 끝장
이다.

　나는 하품을 하던 백가가 화장실에 다녀오겠다며 자리에서
일어서자, 녀석의 엉덩이를 더듬었다.
　"무, 무슨 짓이에요?"

　악당은 천사보다 연구할 가치가 있다. 다윗이 골리앗을 물리
치는 이야기 안에는 승리의 신비한 주술 같은 것이 깃들어 있
다. 신과 인간의 관계에 대한 믿음과 인간의 용기를 실존이자
실증으로 체험케 하는. 적을 얕잡아보는 인간들의 특징은 대
강 이런 것이다. 인간에 대한 유형을 정해놓고 있는 게지. 인
간에 대한 목록이 알량한 게지. 인간에 대한 상상력이 부족한
게지. 사실은 영리하지도 않으면서 말발이 뇌수(腦髓)인 게지.
BC 1024년경. 이스라엘 민족과 블레셋 민족은 엘라 골짜기
에서 무려 40일 동안이나 대치 상태에 있었다. 골리앗은 연약
한 이스라엘 병사들을 하나하나 줄줄이 쳐 죽였다. 골리앗은 키
가 무려 2미터 6센티미터에서 2미터 97센티미터 사이였던 것

으로 추정된다. 그는 온몸을 청동 갑옷으로 가리고 등에는 무지막지한 청동검을 둘러메고 있었다. 다윗이 용기를 낼 수 있었던 것은 신앙심 덕이었다. 다윗은 자신이 몰던 양떼가 사자와 곰의 습격을 받았을 적에 자신이 어떻게 감당할 수 있었는지를 고백을 통해 설명했다. "사자의 발톱과 곰의 발톱에서 나를 건져내신 것은 하나님이신즉, 나를 블레셋 사람의 손에서 건져내실 이도 하나님이시라." 반드시 승리하리라는 강력한 확신이 없었다면 다윗은 절대 골리앗과의 결투에서 이길 수 없었을 것이다. 다윗은 힘과 무력으로는 상대를 제압할 수 없음을 인정했다. 대신 자신의 장점을 잘 알고 있었다. 다윗은 골리앗보다 훨씬 민첩했다. 다윗은 오직 무릿매 하나와 돌맹이 다섯 개만을 양손에 거머쥔 채 숙명의 대결을 펼쳤다. 골리앗은 미치지 않고서야 저럴 리가 없는 소년을 간단히 무시했다. 그러나 다윗은 먼 거리를 유지하다가 무릿매에 단단한 돌을 넣어 날렸고, 그것은 골리앗의 관자놀이에 적중했다. 거대하고 막강한 골리앗은 한순간에 땅바닥으로 머리를 처박으며 무너졌다. 다윗은 골리앗의 칼집에서 청동검을 꺼내 그의 목을 내리쳤다. 다윗은 아무리 약자일지라도 불굴의 용기와 의외의 방법과 적의 오만과 방심을 가지고서 승리할 수 있다는 메시지를 인류에게 남겼다. 이것은 소중한 자산이다. 살다 보면 우리는 자신의 골리앗과 단둘이 마주설 때가 있기 때문이다.

잠깐 쉬어가는 퀴즈. 내가 아까 "여기는 지식인들에게 지옥인 사회가 아니라, 무식한 지식인들이 지옥으로 리모델링해 포주 짓을 일삼으며 관리 감독하는 사회다"라고 꼬집었는데, 그렇다면 몸을 파는 사람은 누구이고 몸을 사는 사람은 누구일까? 그 몸은 몸이 아니라 영혼 아닐까? 얼굴이 화끈거리면, 늘 하시던 대로, 패스.

다만, 언젠가 진정한 악마의 표정을 상상해본 적이 있다. 필경 그것은 천진하고 착한 표정일 것이다. 자신이 무슨 짓을 저지르는지도 모르는 표정. 그것이 가장 무서운 악마의 얼굴일 것이다. 일생 자기가 원하는 것들을 얻으려 살아가고 또한 자기에게 불필요한 것들을 내버리며 살아간다. 한 사람이 제 일생에 있어서 얼마나 많은 것들을 얻고 얼마나 많은 것들을 내다버리는지는 잘 모르겠으나, 이것만은 확실하다. 사람은 자기가 원했지만 못 얻은 것들 때문에 불행하기보다는, 자기가 불필요함에도 불구하고 내다버리지 못한 것들 때문에 불행한 경우가 대부분이다, 불필요한 것들을 원하고, 필요한 것들을 내다버리고 있는 우리는.

1945년 8월 9일 소련의 대일 선전포고로 시작된 전쟁에 의해 일제의 관동군은 일거에 괴멸돼버렸고, 불과 개전 7일 만에 만주국도 멸망했다. 만주국의 최후는 한 나라의 그것치고는 매우 흥미롭다. 소련군이 파죽지세로 진격하자 황제 푸이도 피난길에 올랐는데, 8월 18일 압록강 유역의 다리쯔(大栗子)에서 짧은 회의를 소집해서 만주국 정부를 공식적으로 해산한 것이다. 만주국을 억지로라도 청나라의 후신으로 볼 경우, 국조가 창건한 나라를 후손이 다른 나라에 선양하는 게 아니라 스스로 딜리트한 사례는 이것 말고는 찾아보기 힘들다. 나약함의 끝이 아니고 뭐란 말인가. 열쇠를 문 안에 두고 돌아다니면서 문에 대해 논하는 자들이 있다. 문과 열쇠. 당신은 어느 때에 가장 고통스러운가. 나는 세상과 인생이 다 장난처럼 여겨질 때, 미치다 못해 허탈하게 고통스럽다. 참담한 나날이다. 집으로 터벅터벅 걸어가는 길. 뉴스 보기가 겁난다. 껍질 속이 빤하니까. 알아도 암호처럼 말하고 사는 게 힘들다. 과거 나는 무장해제당했던 적이 한 번 있었다. 그것은 지옥이었다. 다시 칼과 방패를 손에 쥐었을 때 나는 맹세했다. 남은 인생 죽으면 죽을지언정 그 어떤 세력에게도 그 어떤 시대에 의해서도 무장해제당하지 않겠노라고. 가만 보면, 악당이나 선한 사람이나 공통점이 있다. 악당도 잡범들은 잡히면 잘못했다고 그러며 엉엉 또는 질질 운다. 반면 악당도 업적이 있는 자들은 가오를 지킨다. 인생과 세상을 자세히 관찰할수록 과연 선과 악이라는 게 있는가 싶을 때가 있고, 오직 가오를 지키는 자와 가오를 못 지키는 자가 있을 뿐 아닌가 하는 생각마저 드는 것이다. 과연, 진정한 가오란 무엇인가. 살아 있을 때의 가오가 중요하지만 죽은 뒤의 가오가 더 중요한 사람들도 있다. 아니. 그래야만 되는 사람들이 있다. 정말 흔치 않은 일이긴 하지만. 악당은 천사보다 연구할 가치가 있다.

가을바람이 내 귓가에 이렇게 속삭였다.
—……몰랐어? 가을이야, 이별과 정신병의 계절.
나는 퉁명스러운 가을바람이 얄미웠다. 하지만 손에 잡힐 수 없는 것은 마음으로밖에는 응징할 수 없는 것이고, 실은 응징마저도 아니다. 차라리 상대 안 하는 게 상책이지, 괜히 상대하다가 내 대가리만 터지고 만다. 악당들이 득실거리는 사회는 지옥이다. 그런데, 정의로운 자들이 득실거리는 사회도 지옥이다. 언뜻 말이 안 되는 소리 같은데. 직접 살아보면 정말로 그렇다.
"그 혁명이 무엇이건 간에. 혁명에 성공한 혁명가는. 스스로 사라지거나 적의 손에 죽어야 한다. 그게 가장 아름다운 일이다. 왜냐하면, 인간은 타락을 거부할 수 없을 만큼 나약하기 때문이다. 악당은 사람들의 미움과 두려움을 먹고 산다. 그 미움과 두려움이 혐오와 환멸로 전환될 때 악당은 더 이상 악당이 아니라 양아치인 것이다. 악당은 자신을 사람들이 얼마나 어마어마하게 재수 없어 하는지를 모르게 될 때 기필코 망한다."

이렇게 말했던 함성호가 내게 또 말했더랬다.

"너무 큰 행복은 가장 큰 고통으로 변질되기가 쉽다. 고로, 만약 지금 나와 너에게 별 달리 좋은 일이 일어나지 않고 있다면, 그건 오히려 참으로 다행한 행복인 것이다. 좋은 일 안에서 나쁜 일을 경계하고, 나쁜 일 안에서 좋은 일을 발견하라고 《주역(周易)》은 가르치고 있다. 뜬 자는 반드시 떨어지게 돼 있다. 절대 예외가 없다. 좋은 일이 있으면 그것 때문에 더 큰 허전함이 닥쳐오기 마련이다. 일단 이것 하나만 명심해도 인생의 주접은 절반 이상이 줄어든다. 이게 얼마나 심각한 문제인가 하면, 인간은 차라리 아예 안 뜨는 편이 더 나은 삶인지도 모른다."

그렇다. 인생을 살다 보면 우리는, 자신이 '인간 악마'를 다양한 영역에서 무엇으로든 지지하고 후원하고 있었다는 끔찍한 진실을 한참 뒤늦게 깨달을 때가 있기 마련이다(물론 죽는 그날까지 그걸 모르는 바보인 경우가 대부분이다). 내가 보건대, 한국인과 한국사회에 대한 요점은 이렇다.

—자신에 대한 불안으로부터 도피하기 위해 몰두하는 타인에 대한 적개심.

"이 나라 사람들은 말이에요, 제 인간성 안 좋은 걸 정치적 입장이라고 착각하는 아주 더러운 고질병이 있는 것 같아요. 그렇죠?"

나는 정치 얘기하기를 병적으로 좋아하는 인간들에게 위와 같은 말을 자주 해주는 것이다.

세계적으로 근래 정치평론가나 사회평론가들의 예상이 자꾸 빗나가는 것은, 세상이 날이 갈수록 복잡해지고 인간의 내면이 더욱 더 아수라장이 돼서도 그렇겠지만, 사실은 근본적인 착각 때문이다. 인간은 정치적이거나 사회적인 요인에 의해 움직인다고 보이지만, 사실은 자연과학과 동물학의 영역 안에서 좌충우돌하기 마련이다. 그러면서 그러한 인간이 정치적이나 사회적으로 세상을 어지럽히는 것이다. 따라서, 근래의 분석 오류들은, 이론이 인간보다 과도하게 앞서 나가서였기보다는, 분석가들이 인간의 어이없는 핵심을 망각했기 때문이다. 인간의 나이브함에 대한 오만불손인 것이다. 기실 통찰이라는 게 별것 아니다. 너도 나도 어둠임을 외면하지 않는 것에서부터 통찰의 빛은 나온다. 집열쇠는 집 밖에 있을 때 살아 있는 것이다. 나는 신에게 징병당하기가 싫어서, 그리스도가 되는 대신 독설가가 되었다. 믿거나 말거나, 말이거나 염소거나. 음메에에ㅡ.

악마의 유일한 관심은 인간이다. 그리고 그 인간들 가운데 악마는 악을 추종하는 인간보다는 악과의 타협을 기다리는 인간을 가장 좋아한다. 왜냐하면, 훨씬 더 많은 일들을 시킬 수 있기 때문이다.

가을바람 앞에서는 이런 생각을 또 가져본다. 중년인 내 나이에도 삶보다는 죽음이 가까운 것처럼 느껴지는데, 대체 완전한 노인들에게 죽음이란 어떠한 물질일까? 노인임에도 불구하고 여전히 투사로 사는 사람들이 모래밭에 떨어진 진주처럼 있다. 그들의 이념은 별로 배울 게 없지만, 생활 태도에서는 배울 것들이 대부분이다.

—세상에는 거짓이 세 가지 있다. 첫째는 거짓말. 둘째는 터무니없는 거짓말. 셋째는 통계다.

이오시프 스탈린. 나도 이런 멋진 막말을 내뱉으면서 막 살고 싶은 것이다.

강원도의 직장과 서울에 있는 집을 주말마다 오가는 내 고교 동기동창 이진호는 전원주택에서 거위들도 키운다고 한다. 풀어놓으면 개들이 알아서 풀 뜯어먹고 산다고(거위는 개처럼 식구를 알아보고 집을 지키는 천성이 있다). 너무 궁금하다. 그럼 그 거위들은 늙어 죽을 때까지 거기 산단 말인가? 늙어 죽어 마당에 쓰러진 채 진호에게 발견될 거란 말인가? 어제 진호도 함께한 친구들과의 술자리에서 진호네 강원도 전원주택에서 사는 거위들 얘기가 나왔다. 친구들이 그 거위들은 언제 튀겨 먹을 거냐고 물었다. 나는 진호가 아무런 화도 내지 않고 그 사탄 같은 놈들과 똑같이 낄낄거릴 때 알게 되었다. 아, 진호는 제 거위들을 사랑하지 않는구나. 이 세상 모든 사랑의 진위(眞僞)란 그런 것이다. 누가 네 사랑하는 이를 튀겨 먹는다고 말하면 화를 내야 그게 비로소 사랑인 것이다. 심지어는 어느 귀인이 당신의 부인을 팔팔 끓는 식용유에 튀겨 먹어주겠다고 말씀하시더라도.

나는 하품을 하던 백가가 화장실에 다녀오겠다며 자리에서 일어서자, 녀석의 엉덩이를 더듬었다.

"무, 무슨 짓이에요"

이럴 수가. 백가 놈에겐 꼬리가 없었다. 꼬리뼈만이 딱딱하게 만져졌다. 요괴의 변종들이 이제는 이 수준까지 발전했구나! 나는 내 외투 호주머니 속에 들어 있는 휴대용 스위스 칼을 꽉 잡으면서 마구 달아났다. 요괴의 꼬리를 소장하고 있는 영화평론가 김봉석이 얼마나 부러웠던지. 등 뒤에서 백가의 처절한 외침이 들렸다.

"형! 원고 목요일에는 꼭 넘겨야 돼요! 아이씨, 꼭이요! 꼭!"

나는 지금 중년이다. 내가 청년이었을 적에 문단(스무 살에 데 뷔해서 서른다섯 살 무렵 문단을 떠나기 전까지, 그러니까 내가 청년이었을 적에, 내게 사회라는 것은 문단밖에는 없었다)에서 나를 많이 괴롭혔던 노인들이 몇 있었다. 나는 그들을 만주요괴가 인간을 혐오하고 증오하듯 혐오하고 증오했다. 나는 가끔 생각한다. 나는 아직도 그들을 혐오하고 증오하는가? 그 내용과 빛깔은 적잖이 변화했다고는 하나 나는 내가 이제 더 이상 그들을 혐오하고 증오하지 않는다고는 말할 수 없다. 청년이었던 나는 이렇게 중년이 되었건만, 그들은 내가 청년이었을 적에도 노인이었고 지금은 더 늙은 노인이다. 내 어머니와 아버지가 돌아가셔서 나는 고아가 되었는데, 그리고 내 주변의 좋은 선생님들, 심지어는 젊은 선후배들 여럿이 유명을 달리했음에도, 그들 가운데 죽은 자는 단 한 명도 없다. 문득 생각해보면 하나님이 계신지 의심할 만큼 참 기가 막힌 노릇이다. 나는 죽음에 대해 자주 숙고한다. 죽고 싶다는 소리가 아니라, 말 그대로 죽음에 관해 깊이 생각한다는 뜻이다. 돌이켜보면 나는 청년 시절에도 언제나 죽음을 숙고했더랬다. 나는 죽음을 전공하는 청년이었다. 나는 궁금하다. 나를 괴롭혔던 그 노인들은 그런 흉하고 뒤틀린 짓들을 하던 당시 죽음에 대해 무슨 생각이라는 게 있었던 것일까? 나는 아직 노인까지는 아님에도 불구하고 육체적으로도 종종 죽음이 육박해오곤 하는데, 그 시절보다 훨씬 더 늙은 노인인 그들은 내가 이런 이상한 생각을 하고 있는 이 깊은 밤에 죽음에 대한 공포 같은 걸 느끼고는 있는 것일까? 과연 그들에게 죽음이란 무엇이란 말인가? 모르겠다. 내가 왜 홀연 이따위 상념에 빠져들었는지. 다만 이것은 인간과 인생에 대한 슬픈 이야기다. 내가 그런 노인들을 아직도 혐오하고 증오하는 까닭은, 그들과 같은 노인이 되고 싶지 않은 까닭이다. 미워하지 마라. 미워하면 곁에 있게 된다. 미워하지 마라.

어제 친구들과의 술자리에서, 우리들이 이십대에 함께 알고 있던 한 여자친구가 이미 20년 전쯤에 세상을 등졌다는 말을 듣고는 여태 우울이 안개처럼 몽롱하다. 루게릭병이었다고 한다. 시집을 자주 사서 보고 나와 문학 얘기도 한참 했었던 것 같은데, 아니나 다를까, "걔 이대 국문과였어"라며 누가 내 기억을 되살려주었다. 마음이 여리고 감수성이 풍부한 아가씨였다. 한번은 술을 많이 마시고 음주운전하려는 것을 내가 차 열쇠를 빼앗아 가지고 있었는데 어두운 새벽에 내 집으로 차 열쇠를 찾으러 왔을 때의 그 눈동자가 선하다. 인간이 나약하고 인생은 허망하다는 생각이 새삼스럽다. 그 아이, 이제는 몸은 흙이나 먼지가 되고 영혼은 바람처럼 어디론가 흩어져버린 지 오래겠지.

나도 그리고 우리들도 시기의 차이가 있을 뿐 언젠가는 반드시 단 한 명의 예외 없이 그렇게 될 것이다. 세상에 대단한 일이 없다. 사랑할 시간이 많지 않다.

도요토미 히데요시는 56세에 이르러 귀한 아들 히데요리를 얻었고, 그 사랑 때문에 거의 미치광이가 되었다. 후계로 삼았던 양아들은 자결하게 했고 그의 가족들마저 모조리 죽여버렸으니. 게다가 히데요시는 오사카 성에 불이 나서 아들이 화를 입을까봐 늘 노심초사하여 낮이건 밤이건 불조심을 하는 순찰을 돌렸다. 그의 사후, 1614년 겨울, 도쿠가와 이에야스는 오사카 성을 공격한다. 오사카 성은 난공불락이었지만, 이에야스는 여자 사무라이를 오사카 성 안으로 잠입시켜 장성한 히데요리의 어머니에게 히데요리를 설득해 휴전을 맺게 한다. 비열한 속임수였다. 이에야스는 이때를 놓치지 않고 오사카 성의 모든 해자(垓字)들을 메워버리고 안으로 진격해 대학살극을 벌인다. 10만 명이 살해됐다고 전해지는데, 시체들의 대부분이 목이 없었다고 하니까. 이어 도쿠가와 이에야스는 오사카 성에 불을 지른다. 제 독생자가 불에 타 죽을까봐 그렇게 걱정이 자심하던 도요토미 히데요시의 바로 그 독생자 도요토미 히데요리는 불길 속에서 끝까지 저항하다가 불꽃으로 타오르며 할복 자결했다.

이게 인생이자, 인생의 아이러니다. 잔대가리 굴린다고 피해지는 게 아니다.

1914년 6월 28일 일요일. 제1차 세계대전의 도화선에 불을 붙인, 사라예보에서의 오스트리아제국 황태자 부부 권총 암살 사건의 범인이었던 열아홉 살 세르비아 청년 가브릴로 프린시프는 미성년자라는 이유로 사형선고는 모면한 채 감옥에 갇혀 있다가 1918년 봄 지병이던 폐병으로 죽었는데 (제1차 세계대전은 1914년 7월 28일 오스트리아가 세르비아에 대한 선전포고를 하면서 시작되었으며, 1918년 11월 11일 독일의 항복으로 끝났다), 죽는 그 순간까지도 자기가 한 짓이 뭣 때문에 당시까지의 그런 사상 최악, 최대의 전쟁을 일으키게 만들었는지 전혀 이해할 수 없다는 표정을 지었다고 한다. 알겠냐? 그런 거다. 역사라는 게. 이 무식한 자칭 지식인 새끼들아.

생각해보면. 만리장성(萬里長城)처럼 멍청한 방어책이 없다. 아무리 길어도 한 곳이 뚫리면 뚫리는 것이고 아무리 길어도 끝은 있으니 그 끝을 돌아가서 치면 되니까. 실지로 몽골 군대는 그렇게 중국을 무너뜨렸다. 교만한 자들의 갇힌 사고방식은 그런 블랙코미디로 참화를 야기하는 법이다. 인생을 살아갈 적에도 만리장성을 방어책으로 건설하고 있는 것은 아닌지 항시 스스로를 되돌아볼 필요가 있다. 안위를 위해 만리장성을 쌓는 자, 조롱받아 마땅하며 가혹한 패배와 치욕스러운 죽음이 가깝도다. 삶에 만리장성 따윈 무용지물을 넘어선 자멸책인 것이다 (프랑스의 마지노선이라는 것도 이와 마찬가지의 바보 노릇이었다. 물론 그 바보 노릇의 스케일이 만리장성에게는 박테리아 수준이었지만).

—만리장성 쌓고들 살지 말자.

타인이 바라보는 자신과 자신이 생각하는 자신 사이의 거리가 너무 먼 작자들이 너무 많다.

만주국 멸망 이후 만주는 소련의 군정이 실시되다가 장제스의 국민당 정권이 인계받았고, 다시 국공내전을 거쳐 1949년에 최종적으로 중화인민공화국에 편입되었다. 만주국 일본인들은 먼저 냅다 튀어버린 관동군에게 버림받고 소련군으로부터 무차별적이고 잔혹한 공격과 약탈, 강간 등을 당했는데 겨우 살아남아 천신만고 끝에 귀국해서도 멸시와 고초를 겪은 사람들이 많았다. 이런 탓인지 만주국에 인연이 깊거나 그곳 태생 일본인들 가운데는 공산당이나 좌파운동에 뛰어든 사람들이 많다고 한다. 이러니 어쩌면 말이야, 이건 진심인데 말이야, 사람이 즐겁고 생기 있게 살려면, 일정 부분 어느 정도 세상을 바라보는 시선이 악의적일 필요가 있지 않을까 싶다. 악한 행동으로 옮기라는 말이 아니다. 시니컬보다는 강하고 악마적이라는 것보다는 약한 어느 지점의 태도 같은 것.

이중인격자 같은 가을바람을 따라 걷다 보니, 어느새 나는 '몽유병의 여인'이 있는 건물 앞에 섰다. 그런데 뭔 일인가. 불과 며칠 전까지만 하더라도 멀쩡했던 '몽유병의 여인'이 대체 어디로 증발해버렸단 말인가? F형의 핸드폰으로 연락을 취했으나 그런 전화번호는 없다는 안내 멘트만 되풀이될 뿐이었다. '몽유병의 여인'이 있던 자리는, 아무 업종에도 임대되지 않은 텅 빈 공간이 되어 있었다.

지난밤과 오늘 새벽 사이 내내 꿈을 꾸었다. 내 나이 서른다섯 살 무렵 갑자기 세상을 버린 솔이와 어디선가 옆모습으로 나란히 앉아 대화를 나눴다. 나는 내가 참 이상한 사람이라며 걱정을 하고 있었다. 현대무용가인 솔이가 그 길고 검은 머리를 쓸어 넘기며 나직이 말했다.

"괜찮아요. 나도 이상한 사람인데 뭐."

그 말은 맞는 말이었다. 갑자기 죽어버리는 사람은 이상한 사람이다.

"……제 말이 유치했죠?"

"……그게 아니라."

나는 앞으로 나에게 일어날 일들이 하나도 궁금하지 않았다. 나는 나의 적이 대체 누구인지도 궁금하지가 않았다. 나는 내가 누구인지 몰랐기 때문이다. 나는 신에게든 인간에게든 내 영혼을 징병당하고 싶지 않았다. 나는 죽는 그 순간까지 어느 누구에게도 절대로 무장해제당하지 않을 것이다. 나를 그렇게 만들려면 너희의 가장 중요하고 사랑하는 대도시 하나를 완전히 불태워야 할 것이다. 하고 싶음 해라. 얼마 전 누가 내게 말했다.

"내 앞에 있는 누군가를 천사이거나 악마로 만드는 것은, 내가 그를 천사로 볼 것인가 악마로 볼 것인가에 달린 것 같아."

나는 아무 대꾸도 하지 않았지만, 속으로 이렇게 말하고 있었다. 이 개새끼가 또 착한 척이로구나. 인간을 왜 천사이거나 악마로 보나? 인간으로 봐야지. 인간을 천사로 보면 그는 곧 악마가 되고 인간을 악마로 보면 그는 이미 악마다.

나는 외로웠다. '몽유병의 여인'은 어디로 사라진 것일까.

해피 붓다는
이렇게 말했다

시체를 보게 되면 코를 막고 인상을 찌푸리는 자가 있다. 그리고, 시체를 보았을 때 죽음이라는 것을 보고 자신도 죽음을 피해갈 수 없는 운명이라는 진리를 깨닫는 자도 있다. 자, 당신은 전자인가. 후자인가. 우리는 어떤 식으로 살아가고 있는가.

'그림자 정부(政府)'의 특수요원들을 피해 몰래 이사한 내 새 집의 잠자리는 큰 나무책상 밑이다. 거기에 누워 있으면 마치 백 년 전의 어느 원양어선 어창에 누워 있는 기분이 든다. 어쩌면 그것은 정말인지도 모른다. 한세상 지내는 수많은 재미들 가운데 이런 게 있다. 어떠한 악조건 속에서도 무조건 살아남는 재미. 즉, 절대로 쉽게 죽어주지 않는 재미. 나는 나의 적들에게

승패를 떠나 징글징글하고 지긋지긋한 존재가 되고 싶다. 떠올리기만 해도 이가 갈리고 치가 떨리는 상처가 되어 그들의 후손들에게까지 대대로 전해지고 싶다. 공포에 관한 교훈이 되고 싶다. 더 쉽게 말해서, 나는 악의가 있는 사람은 아니다. 다만 몇 가지의 악의들을 겸허하되 간절한 기도처럼 사용할 뿐인 것이다. 요러한 재미를 알아야 진정한 어른이다. 나는 이상한 어른인지는 몰라도, 더 이상 아이가 아닌 것은 맞다. 괴승(怪僧)은 우주 어디에나 있어라.

어제는 '흑법사(黑法師)'라는 명칭을 가진 선인장을 시장에서 사와 내 침소 위, 그러니까 바로 그 큰 나무책상 위, 다시 말해, 어쩌면 백 년 전의 한 원양어선 어창 위에 올려놓았다. 응축된 해바라기 모양의, 정말이지 까만 선인장이다. 흑법사, 사막의 검은 승려. 짱 멋지지 않은가? 나만이 괴승은 아닌 것이다. 나는 지금 목숨을 건 전쟁을 앞두고 있다. 그림자 정부는 나라는 작가를, 아니, 나라는 인간을 얕잡아 봐도 한참 얕잡아 봤다. 재앙의 맛은 다양한데, 많이 가지고 센 놈들이 의외로 그걸 모른다. 늘 많이 가지고 셌기 때문에 패배에 대한 상상력이 빈약하거나 고갈된 것이다. 나는 그 점을 노려보려 한다. 저 악마 집단이 빠져 있을 악에 관한 매너리즘을 침공 포인트로 삼아보려는 것이다. 나는 박제(剝製)가 된 천재가 아니라, 살아 숨쉬는 천재니까.

지난겨울 어느 날인가. 시인이자 건축가인 함성호가 내게 말했다.

"오늘은 한우(韓牛)를 먹자."

"나는 솔직히 차이를 잘 모르겠던데, 그냥 미국산 쇠고기 먹지? 원고료 받았나요? 도둑질을 했나요? 설마 그런 건가요."

"아니. 오늘이 '한우 먹는 날'이거든."

일순 나는 골똘해졌다. 한우들은 '한우 먹는 날'이 얼마나 싫을까? 이 경우 말고도, 찬찬히 따지고 보면, 인간이 정한 모든 기념일들마다에는 음습한 지옥이 서려 있다. 성호 형과 나는 그날 저녁 한우가 아니라 양고기에 고량주를 마셨다. 내가 그러자고 극구 주장해서였다. 괜히, '한우 먹는 날'에 한우를 먹는다는 게 상당히 야만적으로 느껴졌다. 우리가 우리의 잔인함을 완벽하게 치유하면서 살 수는 없지만 그것을 적절히 가리면서 살수는 있다. 그리고 그러는 게 우리의 인간성이 될 수 있는 한 덜 파괴되는 길인 것이다. 이른바 이것이 '문명'이고, 잔인함에 대한 짧은 숙고 안에 갇혀 방황하는 이러한 나는 애처로운 휴머니스트다. 더 쉽게 말해서, 자기가 뜯어먹을 프라이드치킨을 병아리 시절부터 굳이 쭈욱 지켜볼 필요는 없는 것이다.

'양을 먹는 날'이란 게 있나? 그날에는 성호 형과 더불어 한 우에 소주를 마시리라.

하여간. 나는 바야흐로 서서히 다가오는 그림자 정부와의 최후의 결전을 고대하고 있다. 저들은 여성지 연예부 기자를 때려치우고 《무장한 소녀를 위한 해방 저널》이라는 1인 제작 혁명 잡지를 창간하기 위해 두문불출 중이던 정한심 양을 서울 모처의 안전가옥에 납치 구금했다. 뿐인가. '몽유병의 여인'은 애초에 없던 것처럼 사라져버렸으며, 아무래도 F형과 김봉석과 함성호도 저들이 싹 다 어디론가 잡아가거나 죽여버린 게 틀림없다고 본다.

비장하지 아니할 수가 없는 나는 이미 우주소년에게 내 유서를 남겼다. 왼쪽 다리가 무릎 부근까지 잘려나가 전동휠체어에 앉아 있는 나의 우주소년에게 말이다.

내 묘비명(墓碑銘)

개 같은 세상에서 개처럼 살면서
인간을 가장 미워하고 개를 가장 사랑했지만
노래를 잃지는 않았던 사내.
잠시 이 별에 있다가

완전히 이별했으니,

개 같은 걱정일랑 하지들 마라.

다시는 만날 일 없다.

위와 같은 나의 절명시(絶命詩)를 읽은 우주소년은 아래와 같이 말하더니,

"죄송해요. 제가 머리가 아파서 죄송해요. 우주의 목소리가 들려서요. 죄송해요."

어느새 벌써 전동휠체어를 타고 빌릴리 빌릴리 피리를 불며 부우웅— 멀어지고 있었다.

나는 그의 뒷모습이 숨어드는 어둠에 대고 혼잣말을 되뇌었다.

"……아닙니다. 내가 미안합니다. 지금껏 나는 당신에 비하면 비겁자에 불과했습니다. 하지만 이제는 그러지 않으려 합니다."

우리가 인생을 살면서 모든 것을 다 알 수는 없다. 어떤 알 수 없는 힘에 이끌려 우주의 비밀 속으로 각자 휩쓸려 들어갈밖에. 그렇다. 절명시는 절명시일 뿐, 나에게는 무덤이나 납골당조차도 허락되지 않을 것—나는 무연고자(someone without family or friends)이다—이므로 저 슬프지만 고귀한 글귀가 새겨질 한낱 돌덩이조차 기대할 수 없고, 정작 나 자신이 그딴 일 구차하게 바라지도 않는다. 돌이켜보면 고등학교 시절 나는, 지

옥에서 악마들이나 쓸 법한 시를 쓰고 싶었다. 오로지 그런 시들만을. 그토록 치열한 탐미적 정신은 대체 지난 세월 동안 내 안에서 어디로 증발해버린 것일까? 무지개다리 건너편에서 나를 기다리고 있을 내 아들 토토는 피부병이 나아졌을까? 음악보다 정적이 좋으니, 나는 이제 음악을 안다.

아무래도 영화평론가 김봉석은 그와 내가 공동 제작할 영화 〈몬스터 투게더〉의 시나리오를 그림자 정부 놈들에게 빼앗긴 것 같다. 와중에, 승진 누락이 고질인 강력계 부패형사처럼 생겨먹은 봉은 살해당한 것일까? 인간을 몹시 혐오하고 증오하는 나머지 인간을 잡아먹지는 않는 대신 한 인간에게 착 달라붙어 그가 죽을 때까지 죽도록 괴롭히는 요괴, '만주요괴'의 꼬리는? 그것마저 저들의 손아귀로 넘어갔단 말인가? 지키지도 못할 거면서, 만주의 밤안개가 자욱한 저잣거리의 뒷골목에서 단둘이 마주친 요괴의 꼬리는 왜 휴대용 스위스 칼로 군이 잘라서 가지고 다닌 것인가, 김봉석 이 한심하고 꾀죄죄한 난독가(亂讀家)야. 내 친구 봉이 정녕 죽었다면, 내 친구 봉은 왜 고작 그런 인생을 살다 갈 수밖에 없었던 것일까? 그래도 나는 불량식품에 자꾸 손이 가듯 그가 그리웠다.

"요괴는 죽었어?"

"도망쳤어. 멀리. 안개 속으로."

요괴의 꼬리를 한 번만 더 만져보게 해달라고 간청했으나 냉정하게 거절하던 봉. 굵은 철조망처럼 차갑고 까끌까끌한, 별모양의 머리가 달린 뱀 같던 만주요괴의 꼬리. 사람은 모험 속에서 성숙해진다는 말은 맞는 말이기도 하고 틀린 말이기도 하다. 더 쉽게 말해서, 그 어떤 모험도 그 모험 속에 있는 인간의 깊이에 따라 수준이 결정된다는 말이다. 이 말도 어렵나? 이 말이 아직도 어렵다면, 나는 당신을 김봉석과 함성호 사이 어디쯤에 존재하는 인간으로 간주할 수밖에는 없다. 끔찍한 일이다.

우울은 우울이 아니라고 믿어본다. 우울은 어둠이 아니라고 믿어본다. 우울은 고통이 아니라고 믿어본다. 우울은 나의 힘이라고 믿는다. 나는 이것으로 무언가를 잘 느끼고 기필코 행한다. 우울은 나의 힘이다. 사도 바울은 살인자였고 개심자이자 전향자이자 개종자였다. 내가 왜 내 어두운 과거의 노예가 되어야 한단 말인가. 나는 그러지 않겠다. 사도 바울이 해석한 '예수가 십자가에 못 박혀 돌아가시고 부활하신 사건'의 의미를 대중적으로, 현세적으로 정리한다면 필경 이것일 것이다.

—죄인인 너희는 남의 죄 가지고 장난치지 마라.

나는 혹세무민의 달인, 시인이자 건축가 함성호 형의 죄도 용서하련다. 오직 그림자 정부와의 엄중한 승부에만 집중하련다. ……다만 ……다만, 오, 가엾은 F형. ……골수 운동권 투사이면서도 독일 시인 고트프리트 벤을 무척 좋아해 그의 시풍을 따라 습작을 하던 시인 지망생이었던 F형. 이탈리아 음식과 와인이 주 종목인 비스트로 '몽유병의 여인'의 유일한 정규 직원이자 주인장인 요리사였으나 가게 자체와 함께 신기루가 흩어지듯 현실에서 삭제돼버린 F형. ……그리고, 그리고…… 내가 혼자서 몰래 사랑했던 여인 정한심(鄭寒心). '한심하게 사는 것이 곧 도(道)에 이르는 길'이라는 심오한 이름을 지닌 나의 막달라 마리아여. ……《무장한 소녀를 위한 해방 저널》이라. 장총을 옆에 메고 기러기 무리가 달을 스쳐 지나가는 가을의 지붕 위에서 트럼펫을 부는 소녀의 이미지가 내 머릿속에 그려진다. 저 소녀는 누구를 쏴 죽이고 싶은 것일까?

  ―정한심 양이 갇혀 있어요. 그들에게 잡혀 있어요. 빠져나올 수 없어요. 누구에게도 이 사실을 말해선 안 돼요. 선생님이 꼭 혼자 가서 구출해야 합니다. 안 그러면 정한심 양은 불타 사그라질 겁니다.

  우주소년이 내게 했던 말. ……정한심을 구해야만 한다. 그것도 반드시 혼자 가서. 그녀를 재가 되게 놔둘 순 없다.

아버지 어머니 두 분이 모두 별세하신 뒤로, 그리고 교류하는 친척조차 하나도 없다는 싸늘한 리얼리티 안에서, 내게 자식이 없다는 사실을 문득문득 의식하고 있는 스스로를 발견할 적마다 깜짝깜짝 놀라게 되곤 한다. 하지만 그러다가도 결국은, 에이, 나와 비근하게 생겨 처먹은 물건 하나 더 없는 게 세상 은총이고 인간 공덕이지, 하며 수긍하게 된다. 내가 나처럼 모순과 실수로 가득 찬 괴물이 살벌한 것이니, 어두운 진정성이 아닐 수 없는 것이다. 자고로 흑법사의 세계, 사막의 종교들이 세계 종교가 되었다. 기독교가 그렇고, 이슬람교가 그렇고, 불교도 알고 보면 인도나 중국의 것이 아니라 인도와 중국 사이에 놓인 (파미르 고원과) 타클라마칸 사막의 것인 것이다. 삼장법사와 손오공과 사오정과 저팔계의 것인 것이다. 사실, 이 사실 안에는 불[火]과 신(神), 인간이라는 것의 핵심이 자리잡고 있다. 내가 낙타와 고래를 좋아하는 이유다. 사막도 원래는 바다였다. 수억 년 전 낙타와 고래는 서로 사랑하다가 헤어졌던 것. 그래서 요즘도 고래들이 불가사의하게 해안가로 올라와 떼죽음을 감행한다. 수억 년 전의 사랑을 찾아 사막으로 가려다 그렇게 되고 마는 것이다. 인간의 영혼은 낙타와 고래의 그것보다 당연히 열등하고 치사하며, 사랑은 더럽다. 양심에 돋아 있는 악마의 거웃 따위는 너무 상식이어서 패스. 하여 인연이 있을 적에는 이

것이 악연인지 아닌지를 잘 살피고 조심해야 한다. 최소한 인연이 없는 것은 좋은 일이다. 최소한 악연은 아닌 셈이니까.

나는 롯데월드를 향해 걸어가고 있다. 그러나 저 롯데월드는 롯데월드가 아니다.

지나치게 안정적이거나 빈틈없이 차가운 사람을 보면 도대체 어떤 상처를 받았었기에 저런 원칙 속에 자신을 가두었을까, 하고 궁금해한다. 사람은 참 변하지 않는다고들 하지만, 사람은 자신을 보호하기 위해 별짓을 다하는 요물이니까. 이런 얘길 적어놓고 있는 이것, 어쩔 수 없는 직업병이다. 남들은 내가 얼마나 불편할까?

인도 격언에는 이런 게 있다.

—좋지 않은 최후를 맞게 되는 네 가지가 있다. 왕 섬기기, 재산 축적하기, 분노하기, 그리고 주술사 되기이다.

나는 이중에 두 가지. "분노하기"와 "주술사 되기"를 하고 있다. "좋지 않은 최후"여! 기꺼이 온몸으로 받아줄 테니 어서 와라! 지옥에서 살아도 내 월세고 천국에 불을 질러도 내 징역이니.

갑자기 핸드폰이 울리고, 나는 인파 속에서 멍해진다. ……백가다. 나를 찾고 있는 것은 백가였다.

사람들은 백가의 정체를 전혀 모르고 있지만, 백가는 말세에 창궐하는 요괴들 중 가장 악질에 속한다. 놈의 뒷목덜미에는 '666'이라는 숫자가 새겨져 있다. 사탄의 수(數), 666. 감기 걸린 곰 비슷한 분위기의 백가 놈은 '은행나무'라는 설렁탕집 이름을 달고 있는 출판사의 편집장이다. 백가라면 정한심 양에 대해서 뭔가를 알고 있지 않을까?

마르크시즘이 모든 역사적 실험을, 그 지랄염병 개지옥을 오방 다 떤 뒤에도 여태 기승인 것은, 나아가 영원히 꾸역꾸역 기승일 것은, 마르크시즘이 인간의 외부에 있는 환상이 아니라 인간의 내부에 있는 환상인 까닭이다. 어쨌거나 그것은 환상이다. 환상을 이기는 것은 과학뿐이다. 양심은 그 이후에 있다. 나는 과학이 없는 양심은 믿지 않는다. 폭력이기 때문이다. 자신과 타인과 세계를 통해서 인간의 모순을 구경하고 체험해 뭔가를 깨닫지 못하는 인간은 한 번쯤 사는 것이 아까운 인간일 수도 있다.

무식한 자와 질이 낮은 사상이 이 세상을 지배한다. 인간이 그것을 좋아하기 때문이다. 나는 어느 시대에서건 우리나라 대통령이 고릴라였음 좋겠다. 좌파 고릴라 우파 고릴라 뭐 그런

건 없을 테니까. 바나나당 고릴라 대선 후보에게 표를 찍고 싶다. 근데. 고릴라도 좌파 우파가 있을 것만 같은 이 엿 같은 불안은 뭐지? 미움을 받는 자들이 곁에 있는 리더는 뭔가 의미 있는 일을 할 수도 있다. 그러나. 구역질을 부르는 자들이 곁에 있는 리더는 길을 잃게 된다.

벌써 한 15년 가까이나 지난 일이다. 나는 모 대학교의 전임 교수였다. 대학교 내에서 총장과 총장(대학교) 측 교수들 대 그 나머지 교수들 사이에 분란 내지는 충돌이 장기화되고 있었다. 재단의 횡령 같은 명백한 범죄 사실을 두고 일어나는 전쟁은 아니었다. 일종의 나아갈 방향, 뭐 겉으로는 그런 걸 내걸고 벌어지는 더럽고 혼란하기 그지없는 다툼들이었다. 거두절미하고, 나는 양쪽이 다 꼴 보기 싫고 마음에 안 들었다. 총장 측이 더 꼴 보기 싫고 마음에 안 들었던 것은 사실이다. 하지만 한심하기는 양편이 마찬가지인 것 같았고, 제대로 된 개혁의 방법과 의지를 누구 하나 가지고 있는 것 같지도 않았다. 나는 고민 끝에 교수직을 사임하고 다시 길거리에 외톨이로 나섰다. 총장은 그런 내가 밉다고 (교수회의에서 선처를 적극 설득했음에도 불구하고) 재직 날짜 계산에서 1년이 되기에는 며칠이 모자란다며 퇴직금도 지급하지 않았다. 난 뭐 다 잘된 일이라고 생각했다. 거기는 내가 있을 자리가 아닌 것만이 더욱 분명할 뿐이었다. 그 시절로 되돌아간다 하더라도 내 선택은 같을 것이겠으나, 환멸을 느낀다고 해서 생활이 보장된 직장을 때려치운다는 것이 예나 지금이나 쉬운 노릇은 아니다. 양시론(兩是論)과 양비론(兩非論)에 관한 비판, 뭐 그런 거 다 좋다. 하지만 누구든 자신이 얼마나 지긋지긋한 인간 내지는 그 인간들의 모임인지 세심하고 고요하게 따져볼 필요는 늘 있다. 어느 곳을 나누어서 으르렁거리는 양쪽이 다 싫어서 그곳을 떠나버리는 자에게도 그러하겠지만, 떠나지도 못한 채 주저앉아 있는 이에게 그곳의 양편은 공히 폭력일 수 있다. 민주주의란 바로 이 '민주주의의 급소(急所)'를 잊지 않는 것이다. 핸드폰이 울린다.

나는 핸드폰 액정의 수신버튼을 터치했다.
"어, 그래, 백가야."
"……."
"……뭐냐? 말을 해. 전화를 걸었으면."

1년 전쯤부터 나는 이 세계와 인류의 멸망을 해결할 수 있는 유일한 이야기를 책 한 권으로 집필 중이다. 그런데 문제는, 만약 이 원고가 악당의 손아귀에 들어간다면, 공상조차 버거운 비참한 파국이 벌어질 게 빤하다는 데에 있다. 나는 후회한다. 애초에 시작을 하지 말았어야 할 일이었다. 이게 다 백가 때문이다. 녀석이 날 희번들한 금두꺼비로 인질 삼지만 않았어도 이런 골치 아픈 상황은 없었을 것이다. 도끼를 손에 쥔 감기 걸린 곰 같은, '은행나무'라는 설렁탕집 지배인 같은 놈.

율법 안에서만 사는 사람은 죽은 사람이다. 인간은 율법 아래와 율법 위에도 존재한다. 하물며 인간의 구원이랴. 괴로움이란 무엇인가. 악마의 악의로 가득 차 있는 세상 정도가 아니다. 선한 사마리아인 행세를 하는 잡귀들의 악의가 가득 차 있는 세상이다. 백주대낮 같은 지옥이다. 나는 악당을 경멸하지 않는다. 나는 자신이 누구인지 모르는 자들을 경멸한다. 용기 없는 이성과 배짱 없는 지성이 개소리가 아닌 경우를 나는 본 적이 없다. 더러운 난세다. 그리고 이 더럽고도 더러운 난세는, 당연히 사람들 개개인 안에 들어 있다. 세상이라는 것은 그것을 의미할 뿐이다. 사람은 세상을 비난할 자격이 없다. 세상은 그 세상을 사는 개인의 내장(內臟)이다. 그가 더러워하는 것들은 다 그에게서 온 것들이다.

더욱이, 우리가 한꺼번에 다 동시대인이라고 생각하는 것은 착각이다. 우리는 그저 한동안 함께 살아 있을 뿐이다. 시대는 인간들의 외부에서 모든 인간들을 감싸고 있는 게 아니라, 인간들 저마다의 내부에서 저마다 다른 모습으로 존재한다. 그래서 우리가 우리의 분란(紛亂)을 잘 이해 못하거나 아예 이해 못하거나 서로 모함하고 죽이는 것이다. 이게 바로 우리 사회가 가지고 있는 고통의 요체다.

무슨 얘기가 더 필요할까. 원래 전쟁은 철학자가 일으키는 것이다. 논쟁이 아니라, 살이 녹고 피가 튀는 그런 전쟁 말이다. 날욕할 게 없다. 플라톤이 한 소리니까. 나는 시인이고, 철학자다.

5년 전 즈음 당뇨 합병증에 눈이 멀어버린 나의 늙은 스승님께서 어느 성당 뜰 벤치에 나와 단둘이 나란히 앉아서 말씀하셨다.

"책이 얼마나 무서운 물건인지 모르는 사람은 혁명 같은 것을 논할 자격이 없다. 글이라는 것이 얼마나 무서운 것이지 모르는 사람은 인간이 가지고 있는 것들 가운데 가장 무서운 것이 무엇인지 모르는 사람이지. 다른 사람을 미워하는 것보다 자기 자신에 대한 믿음이 더 크고 강한 사람이 되어야 한다. 나는 어둠 속에 있지만 어둡지 않다. 너는 어둠 속에 있는가."

"……."

소설가로서의 나의 신념은 이것이다. 인간은 전체가 아니라 개별적 인간이며 개별적 인간이 되어야 인간이다. 나는 그러한 한 사람 한 사람을 만나 그를 대신하여 그가 못하고 못다 한 이야기를 세상에 들려주다가 죽을 것이다. 이것이 내 소설가로서의 자유이자, 인간으로서의 자유이다. 가장 지독한 모더니스트인 나의 완전한 리얼리즘이다. 사람들은 사랑을 하면 행복해질 줄 안다. 그래서 사랑을 시작한다. 그게 아닌 줄 알면서도. 혹은 모르면서도. 불행은 대충 그런 식으로 시작된다. 악령은 인간을 도와서 대성하게 만든다. 그러고는 제 말을 잘 듣게 하여 제 목적을 이루면 반드시 나락으로 떨어뜨린 뒤 지옥으로 데려간다. 그러니. 나쁜 식으로는 잘되지 마라. 너 혼자 힘으로 당당하게 소박하라. 1968년 '68학생혁명'은 프랑스 낭떼르 대학교 여학생 기숙사의 남학생 출입금지 철폐 요구로 시작돼 전 세계로 번져나갔다. 이 일의 교훈은, 연놈들의 놀아나는 것을 막으면, 혁명이 일어난다, 이다. 길을 가다가, 잔뜩 찡그리고 있는 아가씨를 보면 다가가 이렇게 말해주고 싶다.

　─자매님. 그 고운 얼굴에 어인 번뇌가 그리 많은지요. 그렇지만 저는 자매님을 다 이해합니다. 아마 이 세상에서 자매님을 이해할 수 있는 세 사람 중에 하나일걸요?

　롯데월드로 걸어가던 도중에도 그랬다. 참았다.

"……."

"……백가야. 나 지금 바쁘다. 너 같은 어리바리한 요괴와 놀아줄 시간이 없어. 3초간 더 계속 말을 안 하면, 끊겠다."

마음이 다친다는 것은 마음의 일로만 끝나지 않는다. 요한 세바스티안 바흐와 게오르크 프리드리히 헨델은 1685년 같은 해에 태어났지만 헨델이 바흐보다 9년을 더 살았다. '음악의 아버지'보다 '음악의 어머니'가 9년을 더 산 것이지. 이 둘은 동갑 말고도 여러 공통점들이 있었는데, 가령, 바흐와 헨델은 나이가 들면서 시력이 점점 나빠졌다. 그것은 조명이 약했던 시대에 평생 작은 음표의 악보를 보고 그리며 작업을 해 눈을 혹사했기 때문이었다. 두 사람은 말년에 함께 실명했다. 바흐와 헨델 각자의 탓만은 아니었다. 이 두 거장은 폰 테일러라고 하는 돌팔이 의사에게 수술받은 다음 그나마 보이던 눈이 아예 보이지 않게 되었다. 그리고 충격이 얼마나 컸던지, 둘 다 실명된 뒤 얼마 안 되어 죽고 말았다. 이렇듯 깊은 상심은 육신을 뒤흔들어 뽑아 사막으로 던져버린다. 눈을 멀게 할 수도 있고, 영혼을 잃게 할 수도 있고, 목숨을 빼앗을 수도 있고, 말을 잃게 할 수도 있다.

작년 초겨울이었다. 집으로 터벅터벅 걸어가다가 문득 길고
양이 한 마리를 보았다. 곧 집 없는 모든 것들이 얼어붙어버릴
텐데, 네가 살아 있을 수 있을 때까지는 될 수 있으면 힘겹지 않
게 살아남으라고 마음으로 기도했다. 예수는 목수였다. 그리고
나무십자가에 못 박혀 죽었다. 어쩌면 자기가 만든 나무십자가
였는지도 모른다. 칭기즈칸의 이름은 테무진이다. 몽골어로 대
장장이라는 뜻이다. 그 대장장이가 칼을 만들어 몽골전사들에
게 쥐여주었다. 그들은 단일하였다. 전원이 기마병이었다. 전
세계를 밤이 들판에 내려오는 것처럼 휩쓸었다. 나는 집이 있으
나 나는 혹한 속으로 접어드는 길고양이 같았다.

드디어 백가가 말하기 시작했다. 나는 우주항공모함 같은 롯
데월드 앞에 서 있었다.

"그림자 정부를 찾아온 거야? 이제 와 뭘 해보시겠다고."

"……너어, ……이 새끼."

"새끼라고 하지 마. 새끼야. 나는 너의 아들이 아니라 사탄의
아들이니까. 하긴, 네가 내 정체를 알고 있는 유일한 작가이긴
하지. 대낮에 멧돼지 고기를 구워먹으며 '이 세계와 인류의 멸
망을 해결할 수 있는 유일한 이야기가 담긴 책'을 쓰는 것에 대
해 가책하는. 아직도 내가 편집장으로 보이느냐? 아직도 내가

감기 걸린 곰으로 보이느냐고? 응? 너와의 지난 시간들, 정말 지긋지긋했다. 밤새도록 술 마시면서 그 개소리들 다 들어주느라고."

"드디어 본색을 드러냈구나, 백가."

"네 친구들은 다 죽었다. 그림자들이 그렇게 했지."

"……."

"정한심을 구하겠다고 거기까지 간 거야? 그런 거야?"

나는 롯데월드를 바라보았다. 그것은 어마어마한 롯데월드가 아니라 어마어마한 풍차괴물이 되어 있었다. 그 안에 정한심 양이 잡혀 있는 거였다.

백가가 나를 비웃으며 말을 이어갔다.

"네 원고들은 전부 그림자들에게 넘겼다. 대신, 만주요괴의 꼬리는 지금 내가 들고 있지."

핸드폰 속 어둠 저편에서 굵은 철조망처럼 차갑고 까끌까끌한 별 모양의 머리가 달린 뱀 같은 만주요괴의 꼬리가 백가의 손아귀에서 흔들리며 아주 기분 나쁜 방울 소리를 내고 있었다.

나는 풍차괴물을 상대할 엄두가 나질 않았다.

그때였다. 지나가는 바람이 내 귀에 말했다.

―신발을 벗어라. 이곳은 신성한 땅이다.

―……당신은 누구십니까? ……해피 붓다?

—네가 나다.

—……저는 무능한 인간입니다. 겁쟁이입니다. 친구들은 다 죽고 저만 홀로 남아 있습니다.

—네가 나다.

—…….

—네가 나다.

바람이 스쳐 지나가버리듯, 해피 붓다는 그 말만을 남기고 사라져버렸다.

사람은 일생 자기가 원하는 것들을 얻으려 살아가고, 또한 자기에게 불필요한 것들을 내버리며 살아간다. 한 사람이 제 일생에 있어서 얼마나 많은 것들을 얻고 얼마나 많은 것들을 내다버리는지는 잘 모르겠으나, 이것만은 확실하다. 사람은 자기가 원했지만 못 얻은 것들 때문에 불행하기보다는, 자기가 불필요함에도 불구하고 내다버리지 못한 것들 때문에 불행한 경우가 대부분이다, 불필요한 것들을 원하고, 필요한 것들을 내다버리고 있는 우리는.

나는 가만히 눈을 감았다. 쟁쟁한 은빛 얼음 강 한복판에서 내가 고요하게 뚫린 쟁반만 한 구멍을 들여다보고 있었다. 지구의 중심을 지나 대척점(對蹠點)까지 이어진. 여기가 겨울이니 거기는 여름일 것이요, 여기가 낮이니 거기는 밤일 것이었다. 그리고 내 가슴에도 그것과 똑같이 아득하게 눈먼 구멍이 하나 나있어서, 누군가 그 앞에 접이식 의자를 놓고 앉아 낚싯대를 드리우고 있다. 그가 고개를 돌려 나를 보았다. 그는 다름 아닌 바로 나 자신이었다. 그리고 어둠이 있었다. 솔이가, 인간들 중에 가장 착한 솔이가, 천사보다 착한 그 아이가, 파도 치는 바다 위에서 길고 검은 머릿결을 바람에 적시며 아름다운 춤을 추고 있었다.

"괜찮아요. 나도 이상한 사람인데 뭐."

그 말은 맞는 말이었다. 갑자기 죽어버리는 사람은 이상한 사람이다.

나는 눈을 떴다. 풍차괴물은 이 우주를 삼켜버릴 듯 광대하게 요동치고 있었다. 나는 정한심 양마저 솔이처럼 사라지게 놔둘 수는 없었다. 재가 돼버리게 할 수는 없었다. 나는 깊은 상심 때문에 눈이 멀고 실어증에 걸렸던 아이가 다시금 앞을 똑바로 보고 말문이 트이는 것처럼 말하기 시작했다.

"자신을 악기(樂器)로 만드는 자에게 복이 있나니. 인간의 어둠이 그의 선율이 될 것이다. 자신을 무기(武器)로 만드는 자에게 복이 있나니. 어두운 길에서 그가 등불이 되어 전진할 것이다."

이것이 바로 나, 해피 붓다가 남기신 마지막 말씀이었다. 나는 풍차괴물을 향해 불길이 되어 달려갔다.■

도움받은 문헌들

《인류의 역사를 뒤흔든 말, 말, 말》제임스 잉글리스, 강미경 옮김, 작가정신, 2011.
《책을 버리고 거리로 나가자》데라야마 슈지, 김성기 옮김, 이마고, 2005.
19쪽 '이근안'에 관한 내용은 위키피디아를 참고했습니다.
24쪽 '고트프리트 벤'에 관한 내용은 세계문학작은사전과 두산백과를 참고했습니다.
48쪽 '영춘권'에 관한 내용은 위키피디아를 참고했습니다.
56쪽 '요도호 사건'에 관한 내용은 네이버 지식백과 시사상식사전을 참고했습니다.
85쪽 '고양이 목에 방울 달기'에 관한 내용은 네이버 블로그(https://blog.naver.com/rgm96x/221368697639)를 참고했습니다.

해피 붓다

1판 1쇄 인쇄 2019년 6월 20일
1판 1쇄 발행 2019년 7월 1일

지은이 · 이응준
펴낸이 · 주연선

총괄이사 · 이진희
책임편집 · 백다흠 박연빈
표지 및 본문디자인 · 권예진
책임마케팅 · 장병수
마케팅 · 최수현 김다은 이한솔 강원모
관리 · 김두만 유효정 박초희

(주)은행나무
04035 서울특별시 마포구 양화로11길 54
전화 · 02)3143-0651~3 | 팩스 · 02)3143-0654
신고번호 · 제 1997-000168호(1997. 12. 12)
www.ehbook.co.kr
ehbook@ehbook.co.kr

잘못된 책은 바꿔드립니다.

ISBN 979-11-89982-27-0 03810